述往思来

晓光诗文集

张锋 编

南京师范大学出版社
NANJING NORMAL UNIVERSITY PRESS

图书在版编目(CIP)数据

述往思来:晓光诗文集 / 张锋编. —南京:南京师范大学出版社,2017.6

ISBN 978-7-5651-3402-9

Ⅰ. ①述… Ⅱ. ①张… Ⅲ. ①革命回忆录—作品集—中国—当代 Ⅳ. ①I251

中国版本图书馆 CIP 数据核字(2017)第 135261 号

书　　名	述往思来——晓光诗文集
编　　者	张　锋
责任编辑	许晓婷　丁亚芳
出版发行	南京师范大学出版社
地　　址	江苏省南京市玄武区后宰门西村 9 号(邮编:210016)
电　　话	(025)83598919(总编办)　83598412(营销部)　83598297(邮购部)
网　　址	http://www.njnup.com
电子信箱	nspzbb@163.com
照　　排	南京理工大学资产经营有限公司
印　　刷	盐城市华光印刷厂
开　　本	787 毫米×960 毫米　1/16
印　　张	14.75
字　　数	180 千
版　　次	2017 年 6 月第 1 版　2017 年 6 月第 1 次印刷
书　　号	ISBN 978-7-5651-3402-9
定　　价	39.00 元

出 版 人　彭志斌

南京师大版图书若有印装问题请与销售商调换

版权所有　侵犯必究

目录

诗 赋

3 访万塘
3 中秋夜宿甓桥
3 溧阳留别
4 泉州
4 过洛阳桥
4 登云顶岩
5 南屏怀古
5 宿迁感怀
5 过望亭
6 吴江黎里柳亚子故居口占
6 过桥头
6 张店一瞥
7 回乡吟

7 井冈春早即景
7 游绍兴
8 重返牛山
8 南湖口占
8 兰亭即兴
9 辛巳鲍氏杭州聚会感赋
9 盱眙纪事
9 战友杭州一聚
10 老友聚
10 庐山感怀
10 游华清池
11 碧坞村纪游

11	莫斯科之旅	16	贺方晓同志八秩大寿
11	瞻仰周恩来故居	17	赠田遥表姐
12	淮安感怀	17	题老战友上海聚会
12	观舒安画展	19	答易淦贺七十初度
12	观《张云逸在广西》图片展	19	酬罗兰赠诗
13	观亚明作《三峡图》	20	贺昭怡、罗兰金婚之庆
13	题范曾《彭泽小息图》	20	题绍兴鲍氏仓桥文化室
14	寄文林同志	20	答梁德圻同志
14	题与吴俊发合作《菊花图》	21	写给一位年轻姑娘的诗
15	记梦	22	酬朱士坦同志
15	无题	22	和梁德圻《复有人诗》
15	题画诗一首	22	答哲夫诗
16	有寄	23	打油诗
16	贺胡立教八十寿辰		——赠韩详林、陈达同志

23	祝贺赖石昂首长九秩寿辰联	30	致大哥
24	贺田遥表姐八五寿辰联	34	怀范德有同志
24	赠张一康同志	35	刘克明、童秀英夫妇墓志铭
24	富春怀古	36	挽高詠欣同志
25	贺王兴同志九十寿辰	36	悼念王德将军
25	题潘达于百岁寿辰	37	挽朱诚基同志
26	咏史（自由体）	37	挽吴瑞科同志
27	赠战友映清学姐	37	悼莫文骅同志
27	贺旦萍同志九秩大寿	38	挽郑少东同志
28	挽余修老伯	38	挽诗翁臧克家先生
28	纪念张云逸大将诞辰110周年	38	挽金冶同志
		39	遥哭沈毅大姐
29	纪念毛主席百岁诞辰	39	挽张本清同志

40	感事	46	读大容先生《赠罗妹》感赋
40	忆淮海战役前夜	46	读《皖南事变》书有感
40	纪长征胜利60周年	46	"为杨震辩"——有感
41	绍兴鲍氏联合图书馆成立50周年感赋	47	国庆六十年心语
41	致《红叶》诗刊十年	48	贺中国人民解放军建军80周年
42	还珠吟	49	我的十七大歌
42	难忘的十二月十二夜	51	病起
43	偶成	51	读书二题
44	七十抒怀	52	中国人民共和国成立六十周年口占
44	读王征明《铁窗赤子心》后	52	用电脑
45	科技兴国——听杨振宁教授"21世纪的科技"电视演讲有感	52	新年感怀
		53	读蔡英挺司令员诗七首有感
45	有感十六大	53	时冲同志惠寄新作有感

文 情

游景述情

57 回乡散记
65 记桂林摩崖石刻
67 难忘百色行
71 铁军精神之旅
76 漫步于上海南京路
78 不忘延安
86 俄罗斯游记
92 上海世博会观后感
94 欧洲散记

闲趣偶记

102 豪情偶寄写群芳

105 溧阳书法展观后感
107 石城余人画轴
109 韩国钧及其书法
113 题林则徐砚
115 随园故址考辨
124 古越鲍氏祖传古墨
126 《往事钩沉》代序之三
128 跋何震《柳浪》印蜕
129 清末诗人鲍存晓及其诗
134 乐养身心
135 贺《台门往事》出版
137 读《趋庭随笔》有感
139 《汪悔翁乙丙日记》读后感

追思故人

142 一封家书
144 葛琴：真心实意为民众的女杰
148 杨根思烈士生前题词
152 深切悼念葛昭怡同志
156 纪念共产主义先驱王尽美
　　——我父母的革命引路人
160 勤思好学
　　——忆1962年与张云逸同志的一次谈话
164 黄花年年为谁开
　　——纪念张云逸同志"克服浪费—厉行节约"讲话70周年情景报告会
171 怀念父亲李宇超
182 我的母亲
190 续致大哥

笔触感怀

194 解放战争时期华东局在诸城及五莲的记忆
198 "小康"与"大同"
201 甲胄有感
203 父亲的教诲
205 "七一"心语
207 六十多年前的一封前方来信
211 "坚定理想信念教育"学习随笔
216 论对马克思主义的"怀疑"
220 关于"天行健，君子以自强不息"的一点感悟
223 从毛主席借阅《小小十年》想到的
225 后记

诗赋
shi fu

访万塘

万塘千顷绿,白云绕碧树。
风景无限好,流连忘归路。

(1977年7月8日)

中秋夜宿氽桥

长荡湖边秋色好,氽溪桥上皓月照。
遥想塘马壮烈事,一瓣心香吊罗廖。

(1978年)

溧阳留别

江南风光无限好,濑上客舍余春寒。
且喜常作山林游,幸哉未失半俸钱。

(1979年3月14日)

泉 州

刺桐雄镇东南疆,寰宇曾称第二港。

双塔桑莲留胜迹,温陵居士著文光。

(1979年7月)

过洛阳桥

闻道蛎堤飞玉虹,能师巧匠夺天工。

九百年前遗迹在,知州长著忠惠名。

(1979年7月)

登云顶岩

九龙江外海吹风,云顶岩头气势雄。

遥望台岛一水隔,神驰先杰郑成功。

(1979年7月23日)

南屏怀古

东皋①遗迹无觅踪,净庵望湖眼两空。

遥叹迂阔竟多谤,且待月来听晚钟。

(1981年)

宿迁感怀

葱茏满目登马陵,峰岭犹闻鼓笳声。

学剑项王逊颜色,陈公儒雅统帅名。

(1984年12月11日)

过望亭

重过望亭客思远,孤鹜独立志不迁。

何处云天鹊桥见,巫山缥缈魂梦牵。

(1984年12月19日)

---

① 窦光鼐,字元调,号东皋。

吴江黎里柳亚子故居口占

文章贯古今,大义惊天地。
民主之先进,精神永不死。

(1984年12月22日)

过桥头

依旧烟树楼接天,苦风冷雨忆往年。
山中人已杳然去,道上客行心尚寒。

(1986年3月13日)

张店一瞥

往日骑驴过张店,今朝广厦新市开。
漫游通衢觅旧迹,唯见水塔一楼台。

(1988年)

回乡吟

故乡风物美,怀兴几回还。
今真可乐地,饮水当思源。

(1988年)

井冈春早即景

空碧红旗舞,劲风扑面吹。
井冈迎旭日,满目霞光飞。

(1989年5月18日)

游绍兴

东南名胜地,联袂纪游踪。
稽山歌圣哲,镜水吊杰雄。
览古越王台,拜瞻大禹陵。
兰亭醉翰墨,仙洞载亲情。

(1995年7月3日)

重返牛山

荒村驿断图兵要,月落灯残鸡报晓。
远客深情觅旧迹,不识故地人未老。

(2000年5月17日)

南湖口占

神州夜气黯如磐,歇浦南湖雷动天。
风雨八十年来路,前仆后继薪火传。
春阳艳丽山河壮,日月更新怀大贤。
作始也简将毕巨,赤旗高擎铸今篇。

(2001年4月)

兰亭即兴

兰亭文友会,秋爽近重阳。
书圣名百代,赋诗醉流觞。

(2001年)

辛巳鲍氏杭州聚会感赋

鲍氏欣聚会,姻亲共参与。

诗吟前缘好,酒祝晚岁福。

长相通讯问,文化论今古。

(2001年7月30日)

盱眙纪事

朱氏祖陵耀古州,龙鳌王气亦风流。

黄花遗迹名犹在,大蒋茅舍蔓草中。

(2002年1月17日)

战友杭州一聚

金风飒然送夏阳,旧雨远迓到钱塘。

相惊白发频问年,幸会无前醉一觞。

曾经沧桑各东西,素志不改公忘私。

丹心长忆高楼门,继日火烛夜梦稀。

晴波潋滟万汇苏,明圣山湖风光殊。

崇福古寺春未老,遥望东溟待骊珠。

远瞩高瞻颂尧天,与时俱进身喜健。

积福怡养晚节香,不计得失乐永年。

(2003年)

老友聚

冬暖岁老春申会,烽烟少年忆旧游。
敢入虎口丹心壮①,调停和平碧血流②。
广征资讯报戎幕,掌理军情备运筹③。
日月悠悠频甲子,相惊战友今白头。

(2004年1月6日)

庐山感怀

欲识庐山真面目,唯有身到此山中。
百岁沧桑看巨变,江河万古终流东。

(2004年8月28日)

游华清池

骊峰松柏郁苍苍,宇起汉秦宫建唐。
莲池玉人流水去,黎庶汤沐亦皇王。
一朝绣岭功兵谏,五载回头补亡羊。
海峡未改怀旧意,共瞩乾坤寿而康。

(2005年11月)

---

① 王兴深入徐州联络何基沣、张克侠起义部队。
② 武汉奉派参加枣庄停战执行小组工作,遭国民党特务殴伤。
③ 在三任科长熊中节、何莘、钟望阳领导下,搜集、调研、整理敌党政军经情报及城市资料供领导机关使用。

碧坞村纪游

金秋十月,作浙北竹山之游。碧坞龙潭胜景久负盛名,山民勤劳,随处可见。现村委领导开发旅游业,管理有序,气象欣荣,喜赋一绝。

幽岫碧坞人欣忭,万顷修篁甲莫干。

活水源头迎远客,练白倒挂跳珠欢。

(2005年10月23日)

莫斯科之旅

昔年瞿王①仰圣来,今我无意伤时衰。

信当浴火能重生,寰球前途新面开。

(2007年7月)

瞻仰周恩来故居

(一)

双榆百岁记沧桑,飒飒风来秋气爽。

老井泉涌活水响,如听夜读有书香。

(二)

小院深深百姓家,少年立志救中华。

崛起腾飞翔宇梦,群贤承继更光大。

(2008年10月16日)

---

① 瞿王,指瞿秋白、王尽美。

淮安感怀

山阳人杰自地灵,
文武英卓九州名。
政绩边府昭后代,
国柱擎天颂周公。

(2008 年 10 月 16 日)

观舒安①画展

舒氏艺事传薪火,亦东亦西寓我中。
有形有神无拘束,正道今古一脉通。

(2003 年 4 月 18 日)

观《张云逸在广西》图片展

铁马金戈百战功,为民执政誉声隆。
元勋伟绩留青史,遗影如生有烈风。

(2004 年 12 月 4 日)

---

① 舒安,陕西省舒同书画研究院院长,著名书法大师舒同之子。

观亚明①作《三峡图》

丹青老手气韵生,大笔飞挥走蛇龙。
喜看今日画将军,墨泼彩出开新风。

(1972年6月29日)

题范曾《彭泽小息图》

武陵人遁世,彭泽赋归辞。
小息银海合,也有怒睁时。

(1978年12月8日)

题《彭泽小息图》

---

① 亚明(1924—2002),原姓叶,名家炳,号敬植,后改名亚明,当代中国最具影响力的国画家之一,中国画坛重要流派之一"新金陵画派"的中坚推动者和组织者。

寄文林同志

岁老歇浦又甘泉,雄才壮志未等闲。
今看能否重披甲,捷报常期快马传。

(1978 年 9 月 11 日)

题与吴俊发①合作《菊花图》

一枝傲霜任天真,五彩墨色写意新。
借得俊友安排巧,秋老芬芳倍精神。

题《菊花图》

(1979 年 1 月)

---

① 吴俊发,现为中国美协版画艺委会委员、中国版画家协会副主席、国家一级美术师。

记 梦

缥缈云山见芳容,清音绕耳忆旧盟。
梦耶真耶浑不辨,天远万里又相逢。

(1985 年 10 月 28 日五时梦起)

无 题

桐荫覆地柳依依,晴朗后湖鸟语时。
落英已随流水去,何事旧梦惹秋思?

(1986 年 5 月 8 日夜)

题画诗一首

峰峰画菊,余为补成并题戒酒诗一首,仓促成之,尚可观之。丁卯之夏夜于金陵怀兰斋中。

欣逢佳节近重阳,美酒肥蟹菊正黄。
精陶不比龙泉差,眼神更胜口福强。

(1987 年)

有 寄

肠断天涯几经年，风荷浪柳听杜鹃。
心有灵犀通大海，云头已见是巫山。

（1991年10月16日）

贺胡立教八十寿辰

盗火幽明起赣天，东南燎遍育群贤。
传薪半纪松弥健，越九超颐鹤寿添。

（1994年12月）

贺方晓同志八秩大寿

赊旗自古通秦晋，仗剑西行身付党。
宝塔明经识真理，延河习兵卫国疆。
太行东进黄海滨，迭入虎穴丹心壮。
中原逐鹿连捷报，舟山筑城固金汤。
横眉冷对霜雪迫，猛志不凋坚如钢。
岁月无负喜春回，枥骥千里度秋光。
征程峥嵘满周甲，林泉晴和日正长。
佳节欣逢公八秩，南极期颐再举觞。

（1998年9月）

赠田遥表姐

梅娘妆罢扮丫鬟，巾帼乡城唤万家。
碧水延河留战迹，诗随岁老寄京华。

（1998 年）

题老战友上海聚会

我们，
虽然年龄有几岁或十几岁之差，
但，都在这合合分分、分分合合的群体里，
夜以继日地，为那无名的共同事业，
拼搏，战斗，
呕心沥血，百折不挠。
在风和的晴日里，我们能感觉风雨的来临，
从阴暗的角落处，我们可以窥见刀光剑影；
在硝烟之外，我们经历了纷飞的战火，
而且，有时也亲临其境，弹片在身边散落。
这就是我们的无形的战线，
我们共同战斗的地方。

当鱼尾纹爬上眼角，已是满头霜华。

半世纪岁月，记录了我们的战斗生涯。
我们来自四面八方，
带着各自的憧憬和希望。
一时的犹豫和彷徨，
都在这战斗的炉火中熔化。
我们有一个接一个的硕果，
也有这样或那样的失误。
我们无役不与，
在胜利的战斗中成长壮大。
我们团结战斗在一起，
凝结起来的是战斗的友谊。
也许，曾经有过你对不起我，我对不起你，
但那些似乎已经遥远的口了，都已忘记，
永远记在心上的，是这永恒的友谊！
在这革命的大熔炉里，
我们锻炼、改造、改造、锻炼，从愚昧无知聪明起来，
我们将终身受益。

无形、无名，而耻于言利，
无私奉献的传统就在于此。
党把我们像螺丝钉一样地安在这里，
这是信任，
这是无上的光荣！
这是最高的奖励！

我们已经离开了先前的岗位，
今年要祝贺它 60 岁生日。

我们高兴地看到:

在这个大家庭里,新人辈出,充满新时代的活力。

但是,西方正闪着火光,东方也有乌云,

我们的年轻的战友们,还得眼观六路,耳听八方。

让我们把历史的经验,奉献给他们,

祝福明天比今天更好,

相信他们必能创造和发展,

让我们同他们在一起,

迎接新世纪的灿烂辉煌。

(1999 年 5 月)

答易淦贺七十初度

时代潮头一小兵,同舟风雨共征程。

古稀初度迎千禧,满目红霞沐晚晴。

(2000 年 3 月)

酬罗兰赠诗

芳华万卷闻香颀,山翠溪碧才女生。

高展赠诗三遍读,悟公家传造新声。

(2001 年岁末)

贺昭怡、罗兰金婚之庆

通州姻缘连乐清,道合志同历征程。

风雷千里熔金铸,相伴相依快晚晴。

(2001 年岁末)

题绍兴鲍氏仓桥文化室

越城河上仓桥绿,

府山脚下物华新。

(2006 年 6 月)

答梁德圻同志

(一)

投笔出广雅,挺身继先贤。

百岁标历史,侨光耀珠江。

(二)

怡养珠江畔,孝心忆亲娘。

壮怀同日月,康寿看沧桑。

(2002 年 10 月 8 日)

写给一位年轻姑娘的诗

在复印社里,
有一位年轻姑娘,
要我给她写一首诗。
我说:
你就是一首诗,
正在青春时期,
如朝阳初升,
充满活力。
在新时代的春风里,
你已掌握了一定的知识。
学无止境,
你应该继续,
一面工作,一面学习。
劳动神圣,劳动光荣!
诚实的社会主义劳动,
将使未来的日子越过越好!
美好的未来是属于你们的,
锦绣的诗篇靠你们编织,
这也是我们老年人希望于年轻一代的。

(2002年10月8日)

酬朱士坦同志

士坦年年寄来挂历,深情自在不言之中,今以俚句答之。

佳节每逢来春信,故人千里叙旧欢。
钟阜竹报称平安,岭南梅开却岁寒。
朝华难忘烽鼓日,晚景犹留壮心丹。
长忆深情逾甲子,诗思如涌上毫端。

(2004年1月14日)

和梁德圻《复有人诗》

广雅俊才仰先贤,探求真理不计年。
述往思来文直笔,青灯继诵春秋篇。

(2005年1月)

答哲夫诗

逝波远去无复回,河洛鸿来夜深思。
直笔诗留勿燔火,前尘毋忘后事师。

(2005年2月20日)

打油诗

——赠韩祥林、陈达同志

陈姐韩兄两妪翁,六十年来情绵浓。

少时岁月去已远,老年醉沐幸福中。

(2007年12月16日)

祝贺赖石昂首长九秩寿辰联

海外担信使,故国赴烽燧,红专育人,桃李沐春风。

京中庆华诞,盛世开百龄,寿比松鹤,山斗永不老。

(2007年12月31日)

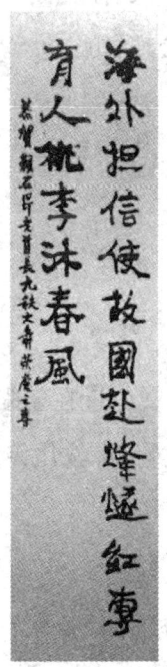

晓光作寿辰联原稿

贺田遥表姐八五寿辰联

表姐田遥1937年抗日救亡宣传中主演《回春之曲》《放下你的鞭子》,鼓舞群众抗战热情,故乡至今传为佳话。1938年初赴延安任军事通讯工作。

卢沟烽烟,梅娘一曲,少女精英赴远征。
延安锻炼,铸金十年,京兆盛世迎期颐。

(2008年8月27日)

赠张一康同志

耳聪犹未失,体魄尚康健。谈锋何尖锐?把卷不释然。
贬褒秉公道,历史唯物看。是非多明辨,思想老少年。

(2009年10月31日)

富春怀古

岁首富春山水之居逾月,喜其自然人文交辉有作。

鹳山近在望眼中,二董①廉洁今犹称。
严老②教化传万古,富春苍泱颂清风。

(2011年3月14日)

---

① 二董,指清董邦达、董诰父子,历事雍、乾、嘉三朝重臣,一生未尝增置一亩田、一椽屋,传为佳话,现仍受当地政府、群众尊重和颂扬,鹳山有祠在焉。
② 严老,指严光(字子陵),汉光武帝刘秀故友,刘秀即帝位,严光不攀附禄位而隐居富春江畔,其高风亮节为后人称颂。今严子陵钓台是富春江著名景点。

贺王兴同志九十寿辰

清河沂蒙驰骋间,戎马倥偬度华年。
海上勤恳留佳绩,改革春潮多奉献。
岁月如流弹指过,老当益壮心犹丹。
盛世迎来期颐庆,松龄鹤寿颂南山。

（2012 年 5 月）

题潘达于百岁寿辰

西周古器大盂鼎,经历浩劫四千秋。
吴县文勤三代传,桐城祖翼嘱世守。
且喜神州天地换,潘家宝物献国有。
金石刻画存先声,仁者达于百年寿。

（2012 年）

咏史（自由体）

中华文明五千年，江山代有人才出。
先秦诸子称百家，仲尼以仁集大成。
孟轲承接孔氏学，王道仁义传正统。
夫子难解龙腾云，非杨墨荀亦无奇。
道之不同有吸绌，董生儒术并不独。
隋唐儒道佛羼杂，宋明理学堕乡愿。
清代学术求解放，宗派纷然四海起。
浏阳首唱新仁学，撷粹创新决网罗。
南海小康大同书，众借礼运近社思。
科学民主踵相来，马恩列宁宣真理。
世界一体同规律，亦各不同有特点。
实事求是倡革命，中土历劫倾三山。
社会主义民为本，文明经世今解释。
毛邓相帅谋发展，后代英杰继前贤。
中国特色合内外，通古烁今有渊源。
信当特色道路好，胜利捷报自年年。

（2013年6月28日）

赠战友映清学姐

故乡世代王铁沟,武备文化有家声。
新元潮涌人才出,姐弟妹兄俱彦英。

(2014 年 6 月 2 日)

贺旦萍同志九秩大寿

泉漳弟子出彦英,苏北抗倭耀军声。
观天测雨五十年,锻炼知青卓著功。
岁月沧桑君益壮,整风正气贯平生。
海屋添筹百龄开,同志举酒九秩庆。

(2014 年)

晓光按平仄音律手书稿

挽余修老伯

明星遽殒,鞠躬尽瘁,政教遗范光千载。
薄海同悲,壮心不已,诗文情怀启后人。

(1985年)

纪念张云逸大将诞辰110周年

千古珠崖立海峤,代有人杰青史标。
大将功勋称盖世,长者风范众誉高。
五羊义旗展云霄,少年英发壮志豪。
怀弹敢死征腐恶,东征北伐立功劳。
神州遍地起狂飙,江汉饮马迎高潮。
为求工农得解放,共产革命志不凋。
反动恐怖阴云罩,烈火燎原处处烧。
百色城头赤帜舞,右江割据地沃饶。
转战千里过赣江,斩荆劈棘鬼神号。
三军团结喜开颜,锦绣奖旗战史褒。
油山夜露淫征袍,黎平先遣日连宵。
战略转变凭妙算,乌江通途赖架桥。
合纵连横胸有韬,华南万里不觉遥。
政治策略经验在,统战法宝技高超。
抗战烽火起卢沟,为建雄师重担挑。

奔走东南成新军,敌后猎猎战旗飘。
向北发展党号召,过江开拓做前茅。
统领江北固淮南,破倭击顽胜算操。
反攻进军连城下,北撤自卫战魔妖。
华东后方主擘划,车轮滚滚葬蒋朝。
开国南疆治百越,团结各族壮瑶苗。
发展生产为人民,关系群众观念牢。
振兴中华千秋业,共产理想不动摇。
服膺革命终一生,百辰遗范万代昭。

(1992年8月9日)

纪念毛主席百岁诞辰

神州百年水火中,
黎庶苦难不聊生。
东方红日喷薄出,
地覆天翻三山崩。
文韬武略皆求实,
一代哲人万世宗。
丹心赤诚昭日月,
有失不掩大德功。

(1993年12月26日)

致大哥

别了，大哥，
我痛哭，送你归去。
你坦然地、安详地去了，
留给我一片片无尽的哀思。

你叫"流漫"，
我叫"消漫"，
是爸妈给我们起的名字。
在白色恐怖下，
我们流浪在漫漫长夜，
夜气如磐。
依稀记得：
"密西西比河日夜奔流"
"争自由波浪"的词句，
伏尔加船夫曲、码头工人歌、国际歌的旋律，
鼓荡起公平正义之声，
引导我们走向革命。
五月的鲜花、松花江上、"中华民族到了最危险的时候"，
使我们汇入抗日战争的洪流。

妈妈冬夜讲述世纪的传奇，
失学的孩子受了革命教育。
你英文读完四册"开明读本"，

大哥扈生

读过了三国、水浒、西游、红楼、聊斋、封神、老残游记、儒林外史、
儿女英雄传和东周列国志,
你阅读能力过人,
收获了历史文化知识。

在人民军队里,
我们奔向前方,
勇敢战斗,
前赴后继。
当你用缴获的敌人的武器打击敌人时,
爸爸高兴地说:
在革命时代,
你们有识有力地参加了这光荣的队伍,
把一切献给党,
我也感到荣耀。

你在武松打虎的地方
有缘与爸爸相见。
相聚数日,你读了一册
《社会主义从空想到科学的发展》,
爸爸夸赞你爱学习,他说:
我很喜欢。
你说:
读序言比读正文还困难,纵是佶屈聱牙,也坚持读完。
正是你坚持学习马列主义,
才始终坚定地信仰共产主义。

你是炮兵指挥员,
在淮海战役围歼杜聿明总部的战斗中,
你们在雪地里度过了一九四九年元旦,
冒着敌机轰炸和美式山炮的射击,
白昼潜入阵地,
在地下掩蔽部,战斗一个多月。
一月十日,阵地上传来一片胜利的捷报,
你同我分享胜利的喜悦,
猜想后方工作一定也很紧张,
你勉励我安心工作,
说前方后方共同努力才能多打胜仗。

当战火烧到鸭绿江边,
你奔赴抗美援朝战场。
一把炒面一把雪,
脚踏朝鲜崇山峻岭,
大炮运动靠人抬肩扛。
敌机来袭,战友掩蔽部口
倒在你的身旁,你也负伤。

炮兵战斗的实践,
使你炮兵学术研究提高,
你自此爱上军事科学,
并最终入选留学深造。
你读了马列著作,
使自己爱憎分明,又"红"又专。

六年归来,
雄才未施展,
竟逢一场灾难,
……

你一生战斗在战场上很勇敢,
你对邪恶不屈服,
直到生命最后一息。

大哥,
我深知你的为人,
憨直、厚重,刚正不阿,
深沉、自律,大公无私。
你一生追求共产主义远大理想,
临终前也不忘革命先辈光辉形象。

你走了无负苍生。
莫道往事如烟,
我遥望:
你无愧地走向海格特公墓、拉雪兹公墓,
走向红场,走向天安门,
拜谒那些伟大的先师、先哲和先烈们。

你回到黄浦江畔,父母墓前,
回忆当年革命先辈们,
爱抚革命后代。

大哥，

别了，你安息吧。

你是亲人们的骄傲，

我们后代人的楷模。

你留给我无尽的思念。

（1993年9月9日）

怀范德有同志

少年从戎赴国仇，时过半纪犹启后。

难忘代岗老班长，俨是红军范德有。

（1995年）

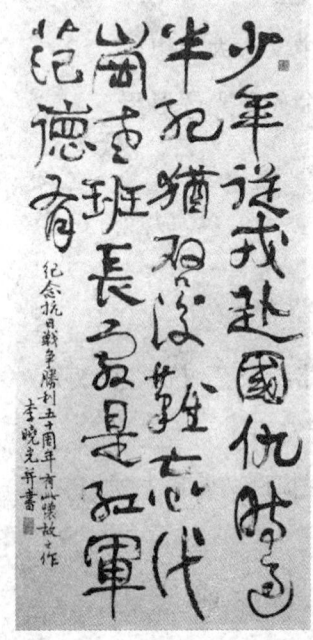

怀范德有同志，晓光手书

刘克明、童秀英夫妇墓志铭

兴国少共,红军长征。赤胆忠心,九死一生。警卫中枢,业业兢兢。隐蔽战线,无私奉公。

天长稚女,抗日从戎。巾帼无畏,驰骋路东。千里跋涉,北上鲁中。毕生事业,后勤供应。

战友相爱,结缡山东。相濡以沫,克始克终。勤俭奋斗,革命家风。同志咸誉,志石为铭。

（1995 年 6 月 27 日）

刘克明、童秀英夫妇墓志铭,晓光手书

挽高詠欣同志

五十年来情谊深长,是我长者亦良师益友常得关怀。
百廿日尚鱼雁往来,今你遽尔竟与世永辞难抑悲痛。

（1996 年 10 月 9 日）

悼念王德①将军

军中有贤将,德智王公兼。
陈罗②多器重,彭总识韬钤③。
两张④嘉助理,粟唐⑤喜高参。
运筹襄戎幕,经略信手拈。
战情知明察,临阵每过关⑥。
机枢重协作,部队系心间。
功高自克己,坦荡搏时艰。
昔报苍山路⑦,一江奏凯还⑧。
沪上聆史论,翰缘读新篇。
遽闻将星殒,泪下满襟沾。

（1996 年 10 月）

---

① 王德,原兰州军区参谋长,1996 年 6 月 30 日逝世。
② 陈罗,指陈毅、罗荣桓。
③ 20 世纪 50 年代,彭德怀元帅视察华东部队,重视王公关于海边防及国防施工意见。
④ 两张,指张震、张爱萍,他们任华东军区参谋长时,王德曾任参谋处长、办公厅主任兼作战处长。
⑤ 粟唐,指陈士榘、唐亮,解放战争中,王德在陈唐兵团工作过。陈士榘曾赞:王德是实际上的兵团参谋长。
⑥ 指 20 世纪 50 年代末受不公正批判,"文革"中受诬。
⑦ 1946 年冬宿北战役前,笔者受命勘察新沂以东陇海路两侧道路并搜集地面敌情,返山东野战指挥部后向王德汇报。
⑧ 1955 年初,组织解放一江山岛战斗时,王德任华东军区浙东前线指挥部参谋长,笔者曾奉派在该部工作。

挽朱诚基①同志

故人凋谢极悲恸,最是伤心医不生。
身与百战为庙算,名未凌烟亦英雄。
昔穷碧落摘星月,今赴沧波欲屠龙。
无撼失睹荧屏幕,有缘后昆继典型。

(1997 年 8 月)

挽吴瑞科同志

论交半世纪痛失诤友,
共事二十年永怀良师。

(1998 年 11 月)

悼莫文骅同志

长聆八桂风云史,又诵西山红叶诗。
景仰将军高格调,星沉闻耗泪洒衣。

(2000 年)

---

① 电视剧《孟良崮战役》中朱处长即以朱诚基同志为原型。

挽郑少东同志

大名久仰世纪开初有缘幸识荆,
贤者忽凋韦编未竟长恸失教益。

（2003 年）

挽诗翁臧克家先生

逆旅惊悼诗星沉,神回少时《烙印》吟。
长怀超然梦马耳①,赵堂②聆教记犹深。

（2004 年 2 月 7 日）

挽金冶同志

真金成材,投笔从戎,久经兵革实践考验,柳营虎帐名高参。
良冶之子,离而不休,深入军史战史研究,学术文海占一席。

（2006 年 8 月 26 日）

---

① 超然台、马耳山均在山东诸城。超然台今已不存,待重建中。
② 20 世纪 80 年代谒克家先生于北京赵堂子胡同。

遥哭沈毅大姐

相知逾周甲,谊若亲姐弟。
才聚五羊城,遽而尔逝世。
忆昔油灯下,编校千万字。
甘苦与同勉,协和共赴事。
无隐不可言,所思多通气。
诚意常聆教,关怀无巨细。
娓娓长姐风,卓卓高标逸。
历经雪霜雨,不改旧日姿。
前载恍若昨,今竟永诀离。
难抑我痛哭,泪流湿缁衣。

(2011 年 11 月 30 日)

挽张本清同志

南皖告别悲壮歌,观风知雨传薪火。
丹心无欲毕生事,一代忠魂报党国。

(2012 年 3 月 30 日)

感 事

盛会空前春日暖,鸿图百年看今朝。

四化潮起波涛涌,胸中千伤一旦消。

遥思神州归统一,愿蹈东海伏龙蛟。

(1979年1月20日)

忆淮海战役前夜

齐鲁金风送爽秋,雄师南顾运筹中。

为操妙算胜棋局,日夜无形听动静。

(1990年12月30日)

纪长征胜利60周年

长征胜利一甲子,如神奇兵费寻思。

大渡翼王昔折羽,红军不败紫打地。

马列远谋坚斗志,毛朱麾下善知彼。

千山万水等闲过,人类丰碑谱史诗。

(1996年)

绍兴鲍氏联合图书馆①成立 50 周年感赋

万卷楼头②续旧章,越州人杰地灵乡。
春风浩荡新苗壮,秋雨苍凉老茎芳。
莫羡瓶花吴姓馆③,休夸祁氏澹生堂④。
鲍家书屋风流甚,爝火明灯接曙光。

(1997 年 5 月)

致《红叶》⑤诗刊十年

神州风景好,满目遍秋枫。
健笔红如火,十年育化功。

(1997 年)

---

① 联合图书馆是绍兴鲍氏家族进步青年在 1947 年创办的,其事迹载于《绍兴人民革命史》。
② 万卷楼是鲍氏先人的藏书楼。
③ 清代杭州吴尺凫家有藏书楼,名瓶花斋。
④ 澹生堂为明末山阴祁氏藏书楼。
⑤ 《红叶》是由解放军红叶诗社编辑,解放军文艺出版社出版的以军队现役官兵、干部和复员转业军人为主体,面向所有国防和军队建设的诗词爱好者的诗词创作园地。

还珠吟

南海明珠华夏宝,百年建树赖同胞。
回归盛世争来日,十亿神州分外娇。

（1997 年）

难忘的十二月十二日夜

华灯初上,
在这国庆的日子,
一个家族及亲友聚会的厅堂,
汇成了欢乐的海洋。

来自祖国各条战线,四面八方。
紧跟时代脉搏的跳动,
心系祖国的安危和富强。
参加革命——
在夜巷中点燃一支火烛,
奔向解放的两个战场。
参加建设——
几乎遍及各业各行。
在半个世纪里,
拼搏,战斗;

战斗,拼搏。
今日相聚在一堂,
杯觥交错,亲情诉说,
豪情满怀,起舞高歌。
老人回复了青春,
恍如唤来了往日峥嵘的岁月。

在这古老而难忘的夜晚,
亲情,战斗的友情交融在一起,
也是四代人的思想交流和沟通。
和着心灵的节拍,舞步的旋律,
频频举杯,互道珍重。
祝愿大家健康长寿,继续为祖国而奉献,
迈向二十一世纪新的长征。

(1997 年 12 月 12 日)

偶 成

未到古稀渐支离,豪情壮志犹不已。
度日曾经夜秉烛,阎罗有召亦何辞。
老来梦回乐无疲,茎晚花放尚不迟。
百代人生本过客,堪悲劳碌逐蝇利。

(1999 年)

七十抒怀

我生七十尧天乐,书剑无成鬓发皤。

回看昔年功绩少,俯思今日俸酬多。

此身但得顽犹健,初志长留高放歌。

愿约黄花秋共好,满庭晚翠照晴波。

(2000 年 3 月 6 日)

读王征明《铁窗赤子心》后

征程六十年,展读文章中。

冲风冒雨来,岁月多峥嵘。

未上凌烟阁,运乖反转蓬。

两回羁请室,伉俪系深情。

丹心留赤子,共唱夕阳红。

掩卷思如潮,党风须端平。

(2001 年 8 月)

科技兴国
——听杨振宁教授"21 世纪的科技"电视演讲有感

（一）

赤县千载新使命,不薄基础重应用。
自力更生融中西,领先世界科技胜。

（二）

旧邦新命寓哲史,应用基础因时异。
学兼今古迎挑战,科技兴国创新纪。

（2001 年 9 月 17 日）

有感十六大

日出赤县破鸿蒙,立党为公方向明。
峥嵘岁月开天地,祝谱华章继锦程。

（2002 年 9 月 21 日）

读大容先生《赠罗妹》感赋

居易堂上今谢家,学从父兄斗芳华。

散朗神情林下凤,更兼绮秀灿云霞。

(2003 年 6 月 21 日)

读《皖南事变》书有感

风寒雨冷望茂林,号地呼天祭忠魂。

千秋功过付青史,一代英才非罪人。

(2003 年)

"为杨震辩"有感

《报刊文摘》①载:像杨震这样的"高尚者"……读后,率成打油诗一首。

立异标新见稀奇,千秋定论称"四知"②。

时文底事翻公案,夫子③廉洁反挨批。

(2004 年 2 月 22 日)

---

① 2004 年 2 月 20 日刊文,系摘自《中华散文》2004 年第 2 期《徘徊在误区边界》。

② 昌邑令王密怀金夜送过路高官杨震,杨不受,曰:"故人知君,君不知故人,何也?"密答:"暮夜无知者。"震曰:"天知,神知,我知,子知,何谓无知?"密愧而出。事见《后汉书·杨震传》。

③ 杨震,字伯起,华阴人,人称"关西孔子杨伯起"。

国庆六十年心语

六十年,
披荆斩棘,
风雨征程,
前赴后继。

方向,
有马克思主义引领,
道路,
根据中国的实际。
中国共产党人,
不套用僵化的模式。

按照一代领袖的思想,
坚持党的领导,
建设社会主义,
实事求是,
为人民服务,全心全意。
在前所未有的路上探索,
要走出自己的路。
有过失策,犯过错误,
甚至造成灾难和牺牲,
实践的教训和经验,都十分有益。

党更加坚强，更加成熟，
从物质到精神，从精神到物质，
为未来的光明前景，奠定了坚实的基础。
我们的党认识到：
中国现在还处于社会主义初级阶段，
这将是一个很长的过程。
我们的党，确定了中国特色社会主义道路，
规划了全面实现小康社会的蓝图，
为中华民族伟大复兴自强不息。

改革开放，发展创新，
国泰民安，英才辈出，
正一片大好形势。
全国人民在党的领导下，
同心协力，
革命的事业，
必将从胜利走向胜利。

（2009年10月）

贺中国人民解放军建军80周年

黑云翻滚压神州，赤帜高擎舞吴钩。
战争实践识法宝，真理永铭柱中流。

（2007年6月1日）

我的十七大歌

十月的北京,
阳光灿烂。
党的十七大光辉,
照耀中国大地。
壮丽的山水欢笑,
人民齐心奋起,
不为风险所惧,
不受干扰所惑。
在我们的旗帜上,
庄严地写着:
中国特色社会主义。

我们有远大的理想,
我们有坚实的步履。
继往开来,
为全面建设小康社会,
迈向 2021 努力。

从南湖船上的号角,
吹响马克思科学社会主义,
中国共产党的先驱,

前赴后继。

懂得了结合中国的实际，

赢得了民主革命的胜利。

探索前进的道路，

实践的经验给我们启示，

还是结合中国的实际，

把中国特色社会主义写上旗帜。

这是新的伟大征程，

我们期待，

在胜利欢呼中迎接2021。

距"大同"还很遥远，

科学发展，促进和谐，

未来自有一代一代人接力。

有哲人说过，

理想的社会也还要发展，

我希望：

到党的百年诞辰，

我还有幸为发展歌唱不止。

（2007年11月30日）

病　起

经世忧患深，
病瘳白发新。
大道宗贤哲，
中流系古今。
遥看前路长，
时还辨辰参。
冀不负苍生，
珍惜第二春。

（2008年1月26日）

读书二题

（一）

碌碌半生未闲过，时翻经典夜秉烛。
欲索新论书签启，学焉后始知不足。

（2008年10月29日）

（二）

书海浩渺无涯际，去粗取精铸远识。
陈词滥调切勿信，尊重前贤只唯实。

（2008年10月31日）

中华人民共和国成立六十周年口占

百年阴霾夜云黑,红日冉冉东海升。历经曲折多坎坷,新路开拓又长征。

一帆风正迎周甲,心是航船方向明。伏枥老骥心犹壮,晚节花香自珍重。

(2009 年 10 月)

用电脑

茫茫宇宙知无涯,求索终生难有穷。
广搜采博补阙识,两脑勤用永不停。

(2010 年 11 月 16 日)

新年感怀

岁晚独坐乐悠悠,人生旷观何用愁。
儿女本分宜祛病,老妻扶持意气遒。
且喜今世挚友多,长相萦怀时问候。
已是新纪又一春,还迎建党百年寿。

(2011 年 1 月 3 日)

读蔡英挺司令员诗七首有感

雄师新锐镇东南,精练强兵教战严。
将军本色亦诗人,陈帅①风骨与有缘。

(2013 年 6 月 19 日)

时冲同志惠寄新作有感

慧驷经天驯野胡②,精卫填海颂新篇③。
一元复始好风景,日月光华耀大千。

(2013 年 1 月 5 日)

---

① 陈帅,指陈毅。
② 借用斯威夫特《格列佛游记》寓意。
③ 时冲原著《填海集》。

文情
wen qing

游景述情

回乡散记

一、白杨、高粱

离别故乡四十多年了,故土、乡音,时时在我记忆中萦回,我很想回去看看,于是满怀激情地踏上回乡之路。

北国的初秋,天高气爽,汽车在广袤无垠的土地上奔驰,路边的白杨和高粱一行行、一片片地从眼前闪过,我沉入了无边的遐思。

儿时,故乡的秋,尤其是秋的夜,高高的白杨树直插布满繁星的天空,飒飒的风声和着虫鸣,我仰面寻觅那明亮的北斗星,感觉到这夜是那么安谧、宁静。然而,这时的中国是不宁静的,山河破碎,人心沸腾,这一隅之地的小城也沸腾了起来。

"高粱叶儿青又青,九月十八来了日本兵……"这支那时常哼起的歌叫《九一八小调》。是它,最初给我灌输了国难深重的意识,使我满怀激愤和忧虑,萌发了"天下兴亡,匹夫有责"的念头。

参加八路军以后,漫山遍野的"青纱帐"是反扫荡中最好的屏障,它掩护着我们打击日本侵略者。行军路上,在老乡家里喝一碗香喷喷的炒高粱米汤,吃一块"红煎饼",足以解渴和疗饥,精神抖擞,继续登程……如今,这青青的高粱棵上,穗子又红了。虽然现在国家粮食高产,这青棵红穗高粱不像过去满山遍野都是,但在我的记忆中,它们还是那么亲切,使我格外眷恋。

二、洋灰大桥

车过万家庄,驶上了潍河大桥。这桥已不是往日的桥,以前的桥比这低矮得多,因是混凝土结构,数得上是全县最现代的建筑,被称为"洋灰大桥"。

八岁那年,我随母亲从这桥上走过,觉得它是那么漫长。因为桥头有伪军守卫,似乎这桥更加的长了。母亲戴了假的发髻,一副村妇的打扮,是为了躲避日寇和汉奸的眼睛。她那年三十四岁,是一个有十四年党龄的共产党员,因当时时局混乱,她和父亲失去了同组织的联系。父亲奔赴延安寻找组织,她则来到这个小城等待消息,以便进行抗日宣传。这次进城是到邮局探听消息的。

我清楚地记得,我们走在"洋灰大桥"上那天,是旧历十月初一,我穿着母亲亲手给我缝制的翻新棉袄,身上暖和和的。过桥的时候,我们提心吊胆,唯恐被发现。进了城看到大街上到处张贴着"汉口陷落"的大字标语,我和母亲都怒不可遏,心情激昂不已……

我坐在汽车上,回忆着、联想着,思绪飞驰着掠过脑海。

三、古城新貌

记忆中,小城,是一座古老的城。在城的中心,有一座高耸的钟楼,以之为界,分为南北两城。据记载,南城建于东汉建初五年(80),北城建于北魏永安二年(529),至明洪武四年(1371)合为一城,中间经过了一千多年。儿时所见的城墙，便是明城遗迹。那钟楼也是以后的建筑。

从县前大街到南阁街，从西南门到东小门，曾经矗立着一座座牌坊，有表扬功德的，有表扬节孝的。同挂着"太史第""进士第"匾额的宅第一样，标志着旧时观念在人们心中的神圣地位。小时候放学回家，我总是会登上城墙，透过乌黑的垛口，遥望落日余晖和荒凉的四野，看着那低迷的烟树、点点归鸦，不时会有一种惆怅之感。白天有佝偻着身子，肩挑"德士吉"或"美孚"油桶从扶淇河汲水进城来的老人，叫卖声打破了百无聊赖的沉寂，听上去比他肩上的担子还沉重；夜晚，若一个人在路上行走，天漆黑，阴森森的，就总希望看见一点如豆的灯光，听见卖酥糖担儿的锣声。不然，尤其是小孩，倘想到大人说的阴阳界的死婴被野狗咬得血淋淋的惨象，便不寒而栗起来。

如今，城区扩大了一倍以上。拓宽的马路，半数是沥青路面；两旁一幢幢楼房，衬映着整齐的绿树；居民区也有了安全保障，电灯、自来水设施更带来了方便。不仅如此，工商业等也都有了可观的发展。名牌"百带丽台布"远销二十多个国家和地区，享有很高的国际声誉。商业中心店铺林立，货物充足；自由贸易市场，车水马龙，一派繁荣景象。城区旧址已开发为沧浪湾风景区，沧浪湾上还新建了"漾月亭"，有九曲桥与岸相通，岸边垂柳依依，水中莲叶田田，风景十分宜人，使这古老的游憩之所焕发了青春。在假山旁的石凳周围，坐着掀髯谈笑的老者，他们心情舒畅地安度着晚年。

狮子湾崖，曾经有我一个小学同学的家，但我终未觅见那低矮的茅屋和颓圮的墙垣。他的邻人引我走进一个整洁的院落，在争奇斗艳的花坛后面，有一排装饰讲究的新式平房。后来才知庆林已于多年前病逝，这是他的遗孀和独子夫妇在原来屋基上盖起的新宅。他们现在都是县城里的普通工人。

四十多年过去了,这古老的小城成了一座崭新的城。中国发生了多么大的变化啊!我禁不住吟哦出"常山流云秋气清,潍水夹岸绿莹莹。民风淳朴文明上,旧市翻新百业兴"的俚句。

四、一个村庄

"少小离家老大回",虽然家中老屋已不存在,但还有一些族人和乡亲热情地接待了我。他们对我说:现在村上家家都吃白面粉,玉米已做家畜饲料,粮食亩产可达千斤,连年食有余粮。我看见村庄面积扩大了一倍,房屋都已翻新,连鸡群都欢快地叫咯咯地觅食。活泼的幼儿园孩子穿着雪白的围兜从村旁路上走过,和煦的阳光照在他们红润的小脸上,这一切恍如梦境。啊!这不复旧时死寂的景象了。虽然现在还不能说人民生活已很富裕,但一个温饱、安定的农村生活画面,已经展现在眼前。在我们这百多年来积贫已久的土地上,这是经过了多少代奋斗的结果啊!

在我记忆中,往昔家乡粮食产量很低,平均每年亩产在一百多斤至两三百斤,但歉收之年只有数十斤。二十世纪四十年代初的一次大旱和接踵而来的瘟疫,使人民因病饿而死者不计其数。不少人逃荒"闯关东",抛尸他乡。到了今天,经过几十年兴修水利,全县共修建大小水库8座,最大的墙夼水库和三里庄水库(总库容0.543 4亿立方米)烟波浩渺,风光宜人。苏东坡任密州知州时,有过截堵河水兴修水利的宏愿,卸任十年后,他还寄希望于后来的州官。但是经过了八九个世纪,并无任何改变。这前无古人的事业,终于在社会主义新时代大规模地完成了。农田整治也是了不起的。村头眺望,田野平阔,一望无际。土壤有了很大的改善,化肥、农机等工业的支援,起了促进的作用。党的十一届三中全会以后,实行对内搞活经济、对外实行开放的政策,粮食产量有了大幅提高,保障了畜牧业的发展,同时,开发了加工出口贸易,为国家做出了贡献,为人民创造了财富。

五、文化之乡

县博物馆是一座典雅的新建筑,在老馆长任日新的热情引导下,我参观了故乡的历史文物。家乡的光辉历史和灿烂文化,使我这远方归人感到格外亲切。诸城龙文化特色鲜明,是全国乃至世界上罕见的恐龙化石宝库,所发现的恐龙骨骼和恐龙蛋化石种属繁多,门类复杂。二十世纪六十年代,先后又进行了十次挖掘,更多的恐龙化石被大规模发掘出来。于是,家乡又有"龙城"之誉,"恐龙之乡"随之闻名世界。

大约四五千年前的新石器时代,这里已有人类活动。春秋战国时期,诸城地处齐鲁之交,为防楚国入侵,齐国修建的长城经过这里。孔子弟子公冶长曾在这里活动,死后葬于锡山东麓。秦始皇及二世相继登琅琊,命李斯刻石记功,"二世残石"现存北京中国历史博物馆。"君王不喜儒",秦博士卢敖隐遁卢山,逃避了后来的灾难。汉代韩信率兵袭破齐历下军,大败楚将龙于潍水。撰著《汉记》的伏无忌系此郡之望族,被曹操围困杀害后,伏氏灭。这里还出过农民起义领袖樊崇和张步;留下了苏东坡传颂千古的诗文名篇;赵明城著《金石录》,得"金石之董狐,文苑之春秋"美誉;画家张择端创作了描写宋代汴京社会生活的瑰宝《清明上河图》;明代知县杨继盛(世称"杨忠愍")离任时上疏力劾严嵩,后被追赠为太常少卿,留下了壮烈的传奇;文学家丁野鹤诗文开明清一邑风雅之先;清代大书法家刘石庵有"浓墨宰相"之美称。许多历史人物都同这"桑麻之野"连在一起,于是这里的山水形胜也都蒙上了文化色彩,清人选出了"琅琊日""五莲明翠""卢洞风""际日峰""峨眉云""九仙葱秘""超然四望"等景观,故而在这里开发旅游事业是有潜力的。

这里实在是东鲁的一块文化沃土,在这块土地上,经过几千年孕育,到近代经过辛亥革命和"五四"新文化运动,又造就了一大批革命志士和文化名人:著名的革命家以共产党人王尽美、国民党人路友于为翘楚;文艺当推文学家王统然、新诗人臧克家为班首。他们不屈不挠,为革命奋斗并牺牲的大无畏精神,他们揭露黑暗、讴歌光明的文艺创作,在我少年时代就留下了深刻的印象。

六、超然台

故乡的古迹,在多年战争中损失殆尽,尤其超然台之不存,引起人们广而持久的怀念。历史上的超然台,苏东坡唤作"北台"。他超然物外,"无往而不乐"的修性值得学习。昔年,我同两三个学友拾级而上,纵目骋怀,低吟朗诵,常为先贤精神所感动。不过,那时苏公祠、慕贤亭都已衰颓,但两廊壁上的石刻仍吸引我去捶拓。我离别故乡以后,超然台便毁于战火了。近来听说政府已有修复计划,准备复原在西南城角楼的遗址上。虽说"北台"变作"南台",不影响"前瞻马耳九仙山"和观赏"半壕春水一城花,烟雨暗千家"的景色,但在人们心目中,总还是有一点煞风景的。时代前进了,人民生活普遍提高了,如今千家万户多已搬入高楼广厦之中,如果再多添些桃红梨白柳绿的色彩,超然台或将仍然不失为故乡"风俗之淳"的精神标志。对于苏轼的研究,也可多一个地方性的场所。我兴致勃勃地登上了西南城角楼,想象中的"超然四望",还可望见烟雾蒙蒙的三里庄水库呢!

七、乔有山上

蒙蒙细雨中,我来到乔有山上。中国共产党的创始人之一,山东党组织最早的领导者王尽美烈士的纪念馆就坐落于此。山后,大北杏村南侧的三间茅屋便是他的故居。当我站在这被王尽美同志改名为乔有山的南岭时，不禁想起了他那满怀战斗激情的诗句："贫富阶级见疆场，尽善尽美唯解放。潍水泥沙统入海，乔有麓下看沧桑。"

在王尽美二十七年的短暂一生中，他为创建中国共产党，反帝反封建，发展工人运动和革命统一战线，推动国民革命，做出了不可磨灭的贡献。数十年后，在中国土地上终于发生了沧桑巨变，家乡人民得到了解放，王尽美的预言成为现实。王尽美是我父亲革命的蒙师和战友，他介绍我父亲参加了社会主义青年团，并引导其一步步走向革命。父亲受过他的赞扬和鼓励，也受过他的批评和勖勉，他是对父亲早期思想影响最深的一人。历下风流，时湖谠论，父亲度过了风华正茂之年，成为一个"职业革命者"。王尽美字灼斋，亦字拙斋，故父亲以"尊拙斋"颜其居。悠悠岁月，如今已过了将近四十个年头，人民生活显著改善，作为王尽美烈士和学生的后代，大哥扈生、小妹婴宁和我来到这位革命先驱者遗像面前，写下了"播火功绩昭千秋，励志继业传万年"的颂词和誓言。

八、"反攻先锋队"和师友们

访旧半为鬼。在粱穗火红的季节，一个风丝柳动的晴日，我来到小学老师李茚田家里，真是"曾经沧海人犹在，师友话旧故乡逢"。茚田已年近古稀。抗战后期，我们在中共地委和军分区领导下，组织起"反攻先锋队"，担负着在敌占区发展知识青年参加抗战和搜集敌人情报的任务，领导人是李觉和刘宏。茚田是李觉的哥哥，也是这组织的成员。其他成员还有我和杨奇、济人、光运、李玄、李奇、王群、者香等人。

我参加"反攻先锋队"数月后，到根据地参军了，大多数成员还留在家乡。他们避开日本特务的视线，通过几位家住边沿区的年老交通员,把上级指示和抗日书报带进城来,把城里的情报送到根据地去;在迎接解放县城的战斗中,他们走上街头配合部队瓦解和俘虏敌军,缴获武器,收容敌军兵工厂人员。在1949年前后,他们动员和影响了一批青年走上革命道路,团结了一批师生发挥了对革命的掩护作用。后来,他们也都或先或后参加了革命。1949年后,当年"反攻先锋队"的成员,李觉和济人已在他们的工作岗位上积劳病逝,其余的人散居天南地北,大都已经离休。同茆田话旧,激起我深沉的追怀,我衷心祝福他们健康长寿,同享盛世。

我的故乡哟!她是一块有悠久文化历史的沃土,是一块有优良革命传统的宝地。六十多年来,从王尽美开始,一代接着一代,革命者前赴后继,像江河一样,奔腾向前,日夜不息。我家乡的小村庄,我家乡的小城哟!你像母亲一样,用乳汁养育了我,教我成长。阔别四十多年,你是如此壮观,容光焕发,张臂把我拥抱,请接受我的赤子之心和敬礼!

(1988年)

记桂林摩崖石刻

昔读《徐霞客游记》，就为广西桂林独特的地质构造及人文胜迹所吸引，书中描述的桂林峰洞之奇，石刻之多，尤其令人神往。最近，我终于如愿以偿，去了一次桂林，有机会亲身观赏。

据传，自汉代我国有摩崖石刻以来，就数量而言，长江以南桂林当首屈一指，唐宋以后摩崖石刻的数量，桂林更为全国第一。尽管徐霞客记述的许多著名石刻已不复存在，但保留下来的两千多件石刻中不乏千古独绝的极品。明代有"看山不如观画，游山不如读史"一说，在桂林峰洞看了两处摩崖石刻以后，我真的大有"读史"的感受。

其一为《元祐党籍碑》。史载，宋徽宗赵佶听信蔡京谗言，假借"恢复新法"名义，打击元祐年间辅政的官吏，诬陷司马光、苏轼、秦观、苏辙、黄庭坚等309人为"奸党"，赵佶亲书《元祐党籍碑》刻石于文德殿门之东壁，并由奸相蔡京书此碑颁行各州军立石。后因其倒行逆施，激起朝野公愤，崇宁五年(1106)赵佶借口"彗出西方"的星象变化，"诏求直言阙失"，被迫下令毁除了这些石刻。今在桂林龙隐岩的这处《元祐党籍碑》石刻，则是南宋庆元四年（1198），由元祐党人后裔为褒扬先人的忠义而重刻的。

其二为《五瘴说》。南宋绍熙元年（1190），广西漕运官朱希颜将宋景佑年间（1034—1038）龙图阁学士梅挚知昭州（今广西平乐）时所著《五瘴说》，跋刻于龙隐洞崖壁。《宋史》列传记载：梅挚"性淳静，不为矫厉之行，政绩如其为人，平居未尝问生业，喜为诗，多警句"。可见他是从政廉洁之人。《五瘴说》云："仕有五瘴。急征暴敛，剥下奉上，此租赋之瘴也；深文以逞，良恶不白，此刑狱之瘴也；昏晨醉宴，弛废王事，此饮食之瘴也；侵牟民利，以实私储，此货财之瘴也；盛拣姬妾，以娱声色，此帷薄之瘴也。有一于此，民怨神怒，安者必病，病者必殒，虽在穀下亦不可免，何但远方而已！仕者或不自知，乃归咎于土瘴，不亦谬乎！"这是古代的一篇反腐败的警世文章，句句警策，不愧梅挚有"多警句"之誉。今日所谓"租赋之瘴"，即为乱收费、滥集资，加重人民负担之类；"刑狱之瘴"，即是执法不公，枉法害人；"饮食之瘴"，则指大吃大喝，挥霍浪费；"货财之瘴"，实即以权谋私，贪污受贿；"帷薄之瘴"，有如权色交易等。梅挚认为有其一条，就可使民怨神怒，为病必殒，不得好结果。因此，告诫为官者应有自知自律之明。此文至今仍有现实意义。

桂林市文管会和七星山公园管理部门，在桂海碑林新建"碑阁"，重刻了一些古代石刻，把漶蚀已久或原石失传的名迹镌刊复原，包括黄庭坚书颜延之的《五君咏》。这实在是文物保护的善举。这种做法，古已有之，就原刻《五君咏》言，乃清梁章钜搜集上石，独秀峰倪元璐"小蓬嬴"三字，也是经梁章钜搜集上石的。如此，延长了历史文物的生命，我由衷地敬佩。

(2000年12月3日)

难忘百色行

百色,是邓小平领导"百色起义"取得胜利的地方。1929年,在他的统一领导下,我们党在这里进行武装起义,发展农民运动,创建红军,建立革命根据地。自此,这里的人民一直保持着优良的革命传统。这里过去是一个经济落后的地方,现在仍有10个特困县,是全国18个连片贫困地区之一。改革开放以来,在党的领导下,这里已发生了很大的变化,南昆铁路的修建及铝矿资源的开发,使这里经济状况有了很大的改善,新的百色正在崛起。

去百色,从南宁驱车一个多小时就到了平果。平果铝业公司在改革开放初期即受到邓小平和陈云等同志的关怀,获准立项投资兴建。第一期工程投资43亿元,引进了德、英、法、美、日、荷、丹七国的最新先进设备,成为亚洲四大铝业生产基地之一。厂区建设及管理水平优于美国同类厂家。投产第一年即生产铝锭30多万吨,上缴地方利税1亿多元,以后两年产优质产品70万吨,是国际承认的出口贸易免检产品。我们参观了从采矿后粉碎矿石,到电解熔化铝,制成铝合金、铝锭的全过程。据百色地委一位副书记说，百色地区的其他地方也有铝矿储藏，其储量可供开采数百年。此外，这里盛产灵芝、田七、蛤蚧、茴油等药材，还产糯米酒、糖、纸等，从二十世纪五十年代人均产值70元提高到现今的人均2 933元，人民生活有了极大改善和提高。

当天下午，我们到达田东县平马镇。这里就是邓小平、张云逸发动"南宁兵变"后向百色转移时，初次见面后宣布举行"百色起义"并建立右江苏维埃政府的地方。当年的右江苏维埃政府，设在清代经正书院旧址，现在已成为右江革命斗争历史纪念馆。我们循参观路线走来，当年右江如火如荼的斗争似乎仍历历在目，我们的党领导人民经过艰苦奋斗、流血牺牲，在这块土地上才有了军队、政权和革命根据地。历史再次告诉了我们革命的艰巨和伟大。我们离去时，在留言簿上写下了"继承先辈革命精神，保持晚节，代代相传"的信念，以表达此刻的心情。

新的百色，在右江澄碧，是一座秀丽而宁静的小城，山峦夹岸中"半城绿树半城楼"。车到百色火车站，我们下车参观。车站不大，却是联结国际大动脉的重要一环。南昆铁路开通后，改善了这里的对外交流条件，可以想象，这将为百色带来更大的繁荣。夜色朦胧中，我们进入市区，虽初到此地但不觉陌生，因中央电视台"心连心"艺术团慰问老区人民到百色演出时，我们看过电视转播。当同行的同志指点告诉我们"那里就是'心连心'艺术团演出的地方，当时像办大喜事一样，几乎全城出动，盛况空前……"时，电视里热烈的场面又一次浮现在我们脑际。啊！光荣的百色，就在眼前了。

次日晨，前往解放街39号红七军军部旧址瞻仰。这是一条建筑整齐、道路修砌一新的步行老街，红七军军部旧址原为广东商贾建造的"粤东会馆"，始建于清康熙五十九年（1720），道光、同治年间两次重建。1929年宣布百色起义时,红七军军部就设在这里。如今,大门旁悬挂的木牌上"中国工农红军第七军军部旧址",是邓小平同志1977年亲笔所书。

红七军军部旧址——原粤东会馆,是一处坐西朝东,以前、中、后三大厅堂为主轴,两侧是厢房廊的砖古和木结构的宏伟建筑,占地面积2 331平方米。梁檐和壁间饰有花木、鸟兽和人物故事的砖雕和木雕,巧夺天工,可与苏州东山镇的雕花楼比美。厅堂高悬的匾额,多是道光至光绪年间的作品,额文有"同声堂""与汉元极""正气扶伦""东渐相被""气壮山河""浩气凌霄""气塞天地""至大至刚"等等,一定程度上反映了那时南方仕商的思想和文化。大门横额的砖刻"粤东会馆"则是同治年间的制作。我们十分惊异,虽历经沧桑,但这里不仅已经成为革命历史纪念遗址而存在,同时也作为一份文化艺术遗产保留了下来。

进了门厅,照壁上镶嵌着江泽民同志1990年的题字:百色起义的英雄业绩光照千秋。我们怀着景仰之情瞻仰了邓小平、张云逸简朴的办公室、参谋处以及警卫部队的住处。我们还见到了三件印象深刻的革命历史文物:一只红七军的军号、一面红七军连队旗帜、一张红七军布告。睹物思怀,又泛起我无限遐想:革命进军的号角奏响了,红旗招展,千军万马奔涌,左右江沸腾了……1930年初,由邓小平、张云逸、陈豪人署名的红七军布告,明确宣布革命的宗旨和对社会各阶层的政策,极好地反映了老一辈革命家根据实际情况制定的政策和策略。这处遗址是百色起义历史的光辉见证,也是人民珍视这光荣革命历史的记录,我们深深地为之感动,也十分赞叹和敬佩当时党和群众保护革命历史文物和文化艺术遗产所做出的努力和贡献。

百色起义纪念馆坐落在迎龙山上,占地100亩,建筑面积5 500

平方米，是投资 3 000 余万元建成的。此馆面临右江，俯瞰全市，极为宏伟壮观。馆内分"百色风暴""革命英杰""邓小平与百色""建设新百色"四大展厅，资料十分丰富。通过这些资料，我们了解了百色起义和龙州起义及红七军发展的全过程，领略了邓小平、张云逸等同志领导百色起义的非凡胆识和卓越才能，进一步认识了这一时期涌现出来的一大批名扬天下、威震四方的党政军领导人和英雄人物。起义时及起义后，担任重要领导工作已牺牲的英烈也达数十个，他们为革命的胜利做出了巨大的贡献。落日西斜时，我们参观了"清风楼"，这是红七军政治部的办公旧址。要告别这座英雄的城市之际，我们又到后龙山凭吊了"百色起义烈士纪念碑"，借此遥寄对先烈的景仰和悼念。

　　百色之行，来去匆匆，两天思绪却跨越了七十年的革命辉煌历史。勿忘革命先辈奋斗历史，继承发扬他们的精神，是我们后代人应该牢记的。

（2000 年 12 月 9 日）

铁军精神之旅

江南三月,已是山花烂漫,莺飞草长。干休所组织我们做皖南之旅。

皖南自然风光与人文历史丰厚,也是拥有近现代革命优秀传统的胜境。二十世纪二三十年代,这里曾是许多共产主义先驱者的活动之地。1934年,红军抗日先遣队经此北上遭受国民党军围攻,寻淮洲指挥所部奋战,壮烈牺牲。抗战时期,共产党领导的华中抗日民主根据地率领由八省十四支红军游击队健儿组成的新四军,从这里开始发展壮大。经过曲折艰难的斗争,遭遇了"皖南事变"的悲壮历程,这支队伍在苏北重振旗鼓,走向胜利。就在黄山的周围以及歙县、旌德、太平等地,党领导的武装斗争,一直坚持到全国的解放。

把这次春游去皖南活动的组织称为"铁军精神回访团",是名副其实的。在我们老战士的心目中,永远铭记着新四军继承的光荣的北伐、罗霄山斗争的铁军精神,这与井冈山精神、延安精神是完全一致的。

去日苦多,我们已经年老。"盈缩之期,不但在天",如今,在党和人民的关怀下,我们过着安定、幸福的生活,这也为我们创造了健康长寿的条件,但长寿的意义在于继承和发扬革命的优良传统,永葆革命的青春。

从4月9日晨出发,到12日17时返回南京,我们安全、顺利、愉快地完成了这次"铁军回访之旅"。

一、回首云岭风云

风和日丽,9日中午,我们到达泾县云岭——1938年8月2日至1941年1月4日新四军军部所在地。十年前,我曾来这儿瞻仰过叶项军部长驻三年之久的地方,凭吊"皖南事变"烈士陵园,寻访那时的遗迹。站在这里,昔日作战部队青弋江布防御敌,保卫繁昌,挺进大江南北的英勇景象和事变发生时的惨烈状况一幕幕浮现眼前。这次再访,重点瞻仰云岭的种墨园、大夫第、陈家祠堂。1939年2月23日周恩来副主席到云岭,传达中共六届六中全会精神,指示新四军工作,向部队和地方干部做《目前形势和新四军的任务》的报告,地点就在陈家祠堂。皖南军部老战士顾雪卿边走边向我介绍,一切恍如昨日。张本清在种墨园的军部旧址纪念馆沙盘旁,为我们讲述着在事变中于星潭、高坦、丕岭、石井坑等地激烈战斗的事迹,情到深处时,竟动情地唱起了《别了,三年的皖南》,把我们的思绪引入六十三年前……通过纪念馆的文物、照片、图表等资料,我们回顾了新四军皖南时期的业绩和苏北重建军部的过程,每个人都心生感慨。叶挺军长的雕像巍然挺立在种墨园侧,项英副军长的铜像镌刻着前国家主席杨尚昆书写的"项英同志浩气长存"的题词竖立在陈家祠堂门前,标志着皖南时期新四军领导人一代英杰,双璧辉煌。

皖南事变,腥风血雨,全军遭受重大损失,有近九千健儿流血牺牲。但是全军将士英勇抗敌,战至最后;突围部队和散失人员重新集合；被俘人员在集中营成功暴动……无不昭示我们铁军精神的巨大力量。历史翻开新的一页，回首云岭风云，留给后人的主要遗产，应该是牢记敌人的凶恶，提高对敌警惕性，发扬铁军的战斗精神。

二、雨中黄山

干休所根据老同志的身体状况，决定10日分兵两路，一路游黄山，一路游西递。我虽然因心脏病爬山有顾虑，但经详询路线、路程、路况后，自觉量力能行，便选择上黄山。

晚明徐霞客游黄山，是在遨游齐云山之后，他途经江村并宿于此，可见江村明代已是通衢重镇。我们从泾县来，亦经江村，参观了这重修中的江南古镇。过去我看过西递、宏村和棠樾，这次时间不多，就无暇细看了。这里地属旌德，据说是江泽民同志的祖居地。江村旅游公司的文字介绍上说，这里英才辈出，其中包括中国社会党领袖江绍铨等"都是江村的骄傲"；还介绍说民国代总理江朝宗也出自江村，他的祖居称"茂承堂"。略加关注近代历史知识的人都会知道：江绍铨即江亢虎，1941年他做了汪伪政府的考试院长，1954年死于狱中。江朝宗拥袁世凯称帝，以代国务总理名义解散国会，参与张勋复辟活动，1937年沦为汉奸，任北平治安维持会长、北平市长、华北政务委员会委员。但旅游公司如此不分好歹地宣扬他们，实在是不辨历史，模糊了荣辱是非的界限。

9日傍晚，车到黄山脚下，我们宿于翡翠宾馆。这里距寻淮洲烈士作战负伤的谭家桥不远，他负伤后，在战友们的帮扶下一路坚持到茂林后终因伤重牺牲。抗战初，新四军的一支经过茂林时，陈毅曾为他作墓志铭，由刘炎书写刻石立碑。

10日晨，车绕山下公路经汤口至云谷索道站，乘索道车到达白鹅岭。在蒙蒙雨中步行，时而仰首爬坡，时而俯看下行。路阔三米，无攀岩之劳，山中空气清新，一路心平气顺。行经黑虎松、梦笔生花、曙光亭、怪石松、排云亭等景点,来到丹霞峰西侧的太平索道站,又乘索道车抵松谷景区,尔后换乘汽车到达太平,夜宿迎客松宾馆,由此结束了黄山一日之游。

黄山三十六峰,五大景区,即使数日也是看不尽的。阴雨不见,晴空碧嶂,但有云雾缥缈,隐约群峰,仍可一览松、石、云之奇,较晴日别有情趣。最可喜的是,李白在白鹅岭送温伯雪归隐,留下"他日还相访,乘桥蹑彩虹"的诗句,这种浪漫神游的幻想,如今已成为现实。我们坐在索道车里,乘云破雾,真有种乘桥上天、足踏彩虹的感觉;不仅减少了攀登的劳苦,更提高了游览的效率。这是现代科技的力量,展示了人类文明的进步和发展。

三、九华山的思考

11日8时,驱车沿太平湖西岸经柯村赴九华山。顺盘山公路登上坐落万山丛中一方台地的九华街,先抵入住的钟楼饭店。午后,乘缆车抵晚明高僧无瑕和尚修行的遗址,建于东崖之巅的万年寺——百岁宫游览。后又徒步数百石阶经净土庵、上禅堂,到达唐代九华山佛教开山祖师地藏菩萨新罗(今韩国)国王近族金乔觉渡海来华修行圆寂之处的肉身宝殿。12日上午,参观九华山的第一座佛教寺院——金乔觉建立的化成寺,现在是全国重点文物保护单位九华山佛教文物陈列馆。

临东崖之巅,远望九华竞秀,莲花、天柱、天台、狮子、纱帽、观音、五老、七贤、十王诸峰尽收眼底,不禁使人赞叹:此山确如刘禹锡所咏"自是造化一尤物"。

九华山是佛教圣地,与五台山、峨眉山、普陀山并列为四大佛教名山。我们饱览了它钟灵毓秀、壮丽瑰奇的景色,了解了一些佛教的传说,也听到了生死轮回、因果报应的佛门说教,看到了善男信女在香火缭绕中匍匐跪拜、求签许愿的虔诚之态。清风徐来,我的心中泛起片片遐思……

马克思主义认为"人创造了宗教",宗教是"人的世界"即一定的国家、社会的产物。宗教以有神论教人幻想幸福,所以马克思说"宗教是麻醉人民的鸦片"。列宁将马克思的这一名言,视为马克思主义宗教观的基石。马克思主义的世界观以科学社会主义、辩证唯物主义为基础,坚持无神论。但马克思主义者也认识到宗教是一种长期的历史现象,其存在是因有一定的群众基础,不是用简单禁止的办法所能消灭的,只能在社会进步的历史发展中逐渐消亡。我国宪法规定,公民有信仰宗教和不信仰宗教的自由。因此,信教与不信教,在意识形态上唯物论与唯心论的对立,是要在社会物质生活的提高和科学文化的进步中解决的。但是,共产党不可放弃辩证唯物主义世界观和无神论的宣传,应教育党员、群众消除宗教在意识形态方面的消极影响。

佛教从印度传入中国,大约已有两千多年。经过漫长的发展过程,与中土儒家和道教文化融合,渐次成为中国化的佛教体系,成为中国文化的组成部分。中华人民共和国成立后,中国佛教界宣布政治上拥护共产党、拥护社会主义,在党的宗教政策指引下,进行了民主改革,废除寺庙封建特权,使全体僧尼变成了民主权利平等的劳动者,在团结海内外僧众和信徒方面起了积极作用。

九华山佛教寺庙现存83座,我们看到的是其中突出的几处。此行不是来膜拜作为神灵的菩萨和佛祖,也无求它的保佑和解脱,而只是对宗教,特别是对佛教做些一般知识的了解,以正确认识党的宗教政策,分清从政治上和意识形态上对宗教应取的态度,同时也警示我们要拒绝邪教,抵制盗用任何正当宗教的名义而宣传邪教的教派。

(2002年4月)

漫步于上海南京路

阳光洒满在宽阔的南京路上,晴空无云,清风吹拂着高楼下的游人,浑然不觉六月的炎热。如今,这里已是步行街,与过去相比,路宽了,楼高了,建筑新颖、斑斓多彩,一扫曾经灰暗的色调。不闻人喧车闹、熙来攘往的市声,但见名店林立,百业兴盛。老店保持传统,焕发了青春;新店敬业诚信,重质创优,从业人员都是礼貌迎客,使人感觉到一种新的商业文明气息。路上行人个个面目舒展,充满笑容,同这都市的繁华相协调,更显得祥和而生气勃勃。我禁不住发自内心的赞美:啊!繁华的南京路,欣欣向荣的南京路啊!你似一个现代博览会——21世纪的大观园,这也是改革开放25年的成果啊!

我兴致盎然地漫步着,蓦然一座铜牌建筑出现在我的面前,铜牌上熔铸着纪念"五卅惨案"的图案和"五卅惨案纪念"六个大字。不远处,在一幢大楼的门旁又见一座横卧的石碑,镌刻的文字记载着这里是梁仁达烈士的遇害处,如今为上海市黄浦区文物保护单位。它警示我们:不要忘记过去。那是我的同辈和父辈都曾经历过的暗无天日的旧时代,是中国共产党领导人民开始了觉醒和斗争。

1925年5月30日,为抗议日本人枪杀罢工工人顾正红,中共上海地委组织上海大学等校学生,走上当时称作"大马路"的南京路进行反帝宣传,遭到英国控制的公共租界工部局巡捕开枪镇压,当场打死共产党员何秉彝、共青团员尹景伊及其他工人、学生共13人,重伤数十人,逮捕100多人,造成了震惊中外的"五卅惨案"。随着事态的发展,在中国共产党领导下,团结各阶层群众,形成了大规模的罢工、罢课、罢市的反帝游行和示威运动,中共中央及时提出了"应认定废除一切不平等条约,推翻帝国主义在中国的一切特权"的号召,从而发展成为全国性的反帝运动,拉开了中国大革命的高潮序幕。那时全国共产党员和共青团员加在一起才只有数千人。

1947年2月9日,在中共上海地下党组织领导下,上海百货业职工在南京路劝工大楼举行爱国集会,成立"爱用国货抵制美货委员会",国民党特务制造惨案,打伤上海百货业爱国职工20余人,永安公司爱国职工梁仁达在掩护主席团时遇害。这时,解放战争和蒋管区的人民运动正在胜利发展中,全国已处于新的人民大革命高潮的前夜,上海也处在黎明前的黑暗之中。

南京路曾历经沧桑。我沉思着,回顾积淀已久的历史:这里曾经是屈辱的南京路,壮烈的南京路,革命的南京路;1949年成为解放军战士露宿的南京路——胜利的南京路,之后是"好八连"的光荣的南京路,社会主义建设的南京路;今天又是改革开放的繁荣的南京路。南京路的日新月异,印证着时代的伟大变迁,在反映国家飞速发展的同时,更激励着我们子孙万代继续奋勇前进。

(2004年8月)

不忘延安

延安宝塔山入口处的石壁上,镌刻着著名诗人贺敬之感人的诗句:"几回回梦里回延安,双手搂定宝塔山。"之前,虽然我们没到过延安,却与"老延安"有相似的情怀,多年来也一直向往着革命圣地。直到2005年11月,我们终于来到了延安这片深情的黄土地上。

王家坪——凤凰山——杨家岭——枣园

党中央在延安共13年,这里有数不清的革命遗址,说不完的革命故事,整个延安就是一座巨大的革命博物馆。我们首先参观了位于王家坪的延安革命纪念馆,了解了陕甘宁边区和延安革命历史发展进程,熟悉了延安的地貌大体情况后,由此开始了对众多革命遗址的寻访。

1937年,党中央从保安(现志丹)迁到延安,第一个驻地是凤凰山下,现在已经是市中心的繁华街道。走进凤凰村大门,黄土墙上写着"巩固抗日根据地,巩固民主政权"的大标语。进入毛主席曾住过

于窑洞前留影

的窑洞,正中央的墙上挂着毛主席和贺子珍同志的大照片,旁边小方桌上有毛主席和白求恩大夫坐在桌边谈话时的留影。不远处就是红军总参谋部,最大的一间作战室内挂着红军总部各级领导的名单和作战地图,两侧房内有刘伯承和张云逸的照片,在另一院落内的窑洞是朱德和周恩来的旧居。

从1937年1月到1938年11月,党中央在凤凰山期间,领导建立了抗日民族统一战线,实现第二次国共合作。工农红军改编为八路军,制定了抗日救国"十大纲领",清算了张国焘"机会主义"错误和王明"右倾投降主义"错误,统一了全党的步调,为实现党对抗日战争的领导进行全面的部署。一幅毛主席在窑洞前伏案写作的大照片挂在墙上,影响深远的《论持久战》《矛盾论》和《实践论》等伟大著作就是在这里完成的。

1938年11月,敌机轰炸延安,党中央从凤凰山迁往延安城西北约三公里处只有十几户人家的小山村——杨家岭,在这里召开了中国共产党第七次全国代表大会,会后迎来抗日战争的伟大胜利。七大会场就在"中央大礼堂",会场依然是当年开会时的布置。往前行,我们来到中央办公厅旧址,这是一座设计得像飞机的楼房,固被称作"飞机楼"。1942年5月,延安文艺座谈会在这里召开,毛主席发表了《在延安文艺座谈会上的讲话》,阐明了文艺为工农兵服务,文艺工作者必须深入生活等一系列重大原则问题,至今仍是文艺工作者应该学习和遵循的方向。现在,墙上还挂着当时毛主席和参加座谈会的代表在门前的合影,留下了珍贵的历史纪念。1972年,周恩来总理陪外宾到延安,也在此会场外接见了延安军民。

从杨家岭向西北行,来到兰家坪,在现代企业卷烟厂的高楼下,透过楼前的喷泉可以看到南山一排已经颓圮的窑洞,那是延安时期的中央研究院——马列学院遗址。

再往前行,远远就看见路边两排红灯笼,高亢的陕北民歌和激越的腰鼓声传入耳中,枣园的群众载歌载舞欢迎远方的客人。毛主席和党中央书记处及组织部、宣传部等中央机关是1943年10月从杨家岭来枣园的。我们参观了中央领导们住过的窑洞,在中央书记处礼堂内欣赏了中央领导同枣园群众共联欢、庆祝抗战胜利的照片。枣园在1939年初是中央社会部的驻地,毛主席和中央书记处搬来后,中央社会部迁往后沟。在后沟社会部的旧址,我们看到了一些以前隐蔽战线斗争时的历史陈列物品。离后沟不远就是张思德同志追悼会会场的遗址,在这里,毛主席进行了名垂千古的《为人民服务》讲话。广场上有纪念张思德同志的石碑和其雕像,石碑下方镌刻着毛主席手书的"为人民服务"五个大字。往西北行,即是李家洼中央医院旧址,现在还残存着原来大门的石柱和手术室、门诊部等十间石窑洞和一些用作病房的土窑洞,镌刻在大门口石柱上的"中央医院"四个大字依然在目。那时医疗匮乏,物质条件艰苦,但救死扶伤的革命人道主义精神仍是医务人员身体力行的守则。再往前行,我们瞻仰了高高的"四八"烈士纪念碑,碑上刻着毛主席"为人民而死虽死犹荣"的题词。

党中央和毛主席等中央领导在延安最后的住处是王家坪。1937年1月至1947年3月,这里是中央军委和八路军总部(后改为中国人民解放军总部)的所在地。1946年1月,毛主席从枣园迁到王家坪。1947年3月,国民党进攻延安,毛泽东、周恩来、任弼时和中央军委由此撤离延安转战陕北。

毛主席旧居窑洞前的石桌、石凳,是他曾同儿子毛岸英谈话,勉励他要"上劳动大学"的地方,后来毛岸英在抗美援朝战场上牺牲,这里留下了一个伟大父亲教育英雄儿子的佳话。1947年3月14日,毛主席在窑洞里接见了新四旅负责同志,说明撤离延安是为了"要用一个延安换一个全中国",反映了领袖的伟大战略胸怀和科学预见,从那时起又过了两年多时间,我们取得了全国解放战争的胜利。

宝塔山——清凉山

战争年代多少革命前辈向往延安,在宝塔山下,延河桥畔,成千上万的革命儿女从这里走向全国各地战场,宝塔山已成为延安的标志,革命的象征。当我们在大街上遥见魂牵梦绕、神驰已久的宝塔雄姿时,不禁心潮澎湃、无比激动。登上山顶环顾四周,宝塔巍巍,延河如带,高楼林立,车水马龙,延河大桥、宝塔桥历历在目,延安城市的新貌尽收眼底。今日的延安正向现代化的城市迈进,而这些正是从远处黄土高坡的那些古老窑洞发展而来的。来到宝塔山下摩崖石刻旁,看见范仲淹书"嘉岭山"三个大字,我们才知道嘉岭山是宝塔山的古称。同时,映入眼帘的还有范仲淹的名句"先天下之忧而忧,后天下之乐而乐",以及"高山仰止""出将入相""泰山北斗,一韩一范""胸中自有数万甲兵""重岗叠翠""云生幽处""嘉岭胜境称第一"等大字，气势雄伟，蔚为壮观，显然这是表彰宋代守边延州任陕西招讨使的范仲淹和韩琦，并讴歌这重镇名山的。我们来不及考证石刻的年代，但肯定是相当久远的，它浸透着古老的人文精神，与二十世纪的革命圣地和今日的繁荣相辉映。

"试问九州谁做主，万众瞩目清凉山。"这是陈毅同志在七大时所作，与宝塔山遥遥相对的清凉山，也是延安标志性的革命圣地。山脚下的新闻纪念馆是在诸多新闻媒体旧址上新建的一座建筑，这里布展着延安时期的新闻、出版资料，广播、电影等相关图片或实物等。当年新华社、解放日报等人民的声音，以及党的声音都是从这里发出的，"XNCR"的声波传遍海内外。沿山而下，不远就是有名的万佛洞，洞前有一副对联：名山名水名诗千首世上稀，石岩石窟石佛万尊天下奇。在不大的洞内，整齐地排列着大大小小上万尊石佛，据李木庵诗碑题记说："这是六朝所刻，可与洛阳龙门和大同云岗比美。"而这洞又是1937年1月至1947年3月中央印刷厂装订车间和印刷车间的遗址。

延安城

1949年前的延安城只是宝塔山、清凉山、凤凰山之间，夹延河与南川河交汇处的一隅之地，王家坪、杨家岭、枣园、桥儿沟等著名的革命遗址都是延安的乡村。如今这些地方早已是延安市区，我们无法准确分辨老延安城的边界，只是凤凰山西麓一段古老城墙的遗迹，还可算作一个清晰的标志。在老城的南关街有陕甘宁边区政府旧址，现在是延安市政府车队的驻地。不远处是大礼堂——边区参议会会址，这座建筑保留得很好，恢复了谢觉哉(1884—1971，中国共产党优秀党员，法学家和教育家，杰出的社会活动家)的题额。附近的交际宾馆,从门前的石碑说明来看,是在原边区交际处遗址上建筑的,当年党中央在这里接待过"中西记者团"和众多的中外人士。当年延安南门外的新市场,在复原的大门上依然保留着舒同榜书的门额和郭化若所书、毛主席所撰的门柱长联:坚持抗战,坚持团结,坚持进步,边区是民主的抗日根据地;反对投降,反对分裂,反对倒退,人民有充分的救国自由权。老延安人都知道这里是当年商贸繁华之地,如今市场更加繁荣了。

凤凰山东南麓原叫"棉土沟"的地方曾是边区保安处旧址,保留着两个院落的八间窑洞,2004年9月完成恢复保护工作,布展了延安时期许多鲜为人知的隐蔽战线斗争情况,无名英雄的事迹使人肃然起敬。在城南花石砭一带,我们翻山找到了陕北公学与行政学院合并后的延安大学旧址。在宝塔山南边,我们登上236级石阶和数段陡坡,找到了正在修复的边区高等法院。行走在山路上,我们更加体验到当年革命者为理想而奋斗的艰辛。在现名"二道街"的抗大旧址前,重建的抗大校门有舒同所书的"团结、紧张、严肃、活泼"八个大字,进入大门后便是抗大纪念馆。1937年1月20日,红军大学迁延安后改名抗日军政大学,培养出了成千上万的优秀军政指挥员。

安 塞

我们寻访延安革命遗址的最后一站是安塞,安塞是距延安北40公里现属延安市辖的县城,曾是党中央许多军政机关住过的地方,中央二局就曾在此住过,可惜我们未找到旧址。如今的安塞,以腰鼓和剪纸艺术闻名天下。汽车沿公路前行,遥见远处山头上竖立着一个巨大的腰鼓,在山坡上整齐陪衬着几排新修的窑洞,同车热心的乘客告诉我们:"安塞到了,山上的腰鼓就是安塞县的标志!"

延安保小在安塞白家坪,校长热情地接待了我们。1939年2

月,原在延安的"陕甘宁边区保育院小学部"为避免日寇轰炸迁此建校。1938年10月,毛主席曾为保育院题词"好好的保育儿童"和"儿童万岁"。在学校操场一侧的碑上,记载着香港的老校友云大棉前些年回延安捐款十万元给母校改善办学条件的故事。保小的老校友李铁映、伍绍祖近几年也都回过母校,李铁映题写了"延安保小"校名,伍绍祖题词:永远不忘安塞的延安保小,我们从这里走向北京。

当年保小同学高唱的校歌是:"我们是抗日的后备军,今天在战斗中学习,明天为国出力,我们要加紧锻炼勤奋学习,我们要记住亲爱团结携起手来,新社会等待我们来建立。"

在保小教师的引导下,我们来到半山的保小旧址。这里还保留着一堵土门墙和学生居住过的八孔窑洞,路边一棵大槐树是当年学生们围绕树下吃饭的地方。延安保小的孩子们,就是在这样艰苦的环境中学习、生活和成长的。

据战史记载,1947年3月我军撤出延安后,毛泽东、周恩来、任弼时等留陕北指挥全国革命战争,4月12日率中央机关转移到安塞王家湾,停留了56天。1947年3月25日至5月4日,西北战场青化砭、羊马河和蟠龙三战三捷。周恩来于5月10日离开王家湾来到西北野战兵团司令部驻地安塞县城的真武洞,14日出席边区军民五万人参加的祝捷大会,代表党中央向全体军民致贺,并宣布党中央毛主席从撤出延安后一直在陕北与边区军民共同战斗,给了陕北军民极大的鼓舞。现在安塞县政府的广场就是当年的会场,碑记印证着这具有伟大历史意义的革命遗址,使后人永不忘记。

我们怀着崇敬眷恋的心情在延安度过了难忘的四天,这里的所见所闻使我们激动、深思、深受教育。当我们看到伟人们住过的窑洞、陈旧的桌椅、坑上打着补丁的毯子、桌上的小油灯、粗笨的木澡盆和纺车,以及门前的石桌、石凳和石磨盘等这些带有革命史和战斗史的旧物时,我们领悟到,党和领导在这样艰苦的环境中生活13年,领导全国人民取得抗日战争、解放战争的伟大胜利,奠定建立中华人民共和国的基础,为我们争取今天的幸福生活是多么来之不易!

延安精神无论过去、现在还是将来,都是传家宝!新的历史时期,我们更要继续发扬延安精神,为实现中华民族的伟大复兴,构建人类和谐社会而努力奋斗!

(2005年12月)

俄罗斯游记

今夏,我们参加由上海国际旅行社领队的亲友赴俄罗斯旅游团,一行26人,除领队和5位青少年外,都是离退休老同志。北京时间7月9日13时我们从上海浦东机场起飞,22时(莫斯科时间18时)到达莫斯科。旅游时间虽只有短短几天,但收获不小,主要游览了俄罗斯两大城市的自然风光,增加了对俄罗斯历史人文的了解,简略感触了一下俄罗斯的社会生活状况。

在莫斯科机场,俄罗斯的导游和大巴司机迎接了我们。驶向市区途中,导游介绍,莫斯科从市中心外延有林环、花环、三环、四环等四条环形大道。林环在十九世纪亚历山大一世时就已形成,其他道路同四条环形大道连接,辐射四面八方,但"林环有林,花环无花"。我们所见,确是林环路上树木茂密,绿化很好。市区内高层建筑很少,道路宽阔,行人不多,看不到摩托车、自行车,满街都是汽车。据说去年统计,莫斯科市区汽车多达400万辆。绕三环路行,在市区北郊看到几座钢筋水泥鹿寨模型,导游介绍说,那是标志1941年德国进攻苏联兵临莫斯科城下的地方,因德军闻悉斯大林仍在莫斯科而未敢继续前进。斯大林当时是在林环大道地铁站设立指挥部的。据文献记载,斯大林曾在莫斯科讲话,宣布苏军在列宁格勒(即圣彼德堡)和莫斯科保卫战中要消灭德军30个师,号召苏联军民在苏沃洛夫、库图佐夫等人的影响下,高举列宁的旗帜,奋勇争取胜利。

到莫斯科首先参观的是号称"世界第八大奇景"的克里姆林宫和红场,从高高顶尖有红星的塔楼进入克里姆林宫,右侧有一座门饰俄罗斯国徽双头鹰的大会堂,这里是召开重要会议的场所,左侧有黄白颜色相间的三层和四层楼房,其中一座是列宁办公楼,另一座是普京办公楼。这一带有白线为界,意指不准游人越过,可在线外拍照。附近两座伊凡大帝钟楼高耸入云,挂钟很多,近旁地上安放着一口硕大的"钟王",重数十吨,钟体有一大缺口,是铸造时断裂,断裂部分放在一起。再过去就是有名的"炮王"。这里还有不少城堡式建筑,都是沙皇时代的各式宫殿。我们参观了十五至十七世纪的两座教堂,华丽的绘画和雕塑使人目不暇接,美不胜收。在一座教堂内,我们还欣赏了"五人唱诗班"歌唱的和谐悦耳的诗歌。红场旁边的无名烈士墓,由咖啡色和黑色大理石建造,墓地中心点燃着长明火种,摆放花圈,一件红军钢盔和披风雕塑覆盖墓上,有战士守卫。这是二十世纪六十年代因发现无名烈士遗体而建的,据说当时苏联国家领导人和元帅、将军都参加了盛典,唯独朱可夫未被邀请参加。曾听说俄罗斯有过是否要火化列宁遗体、迁移列宁墓的争议,但我们看到列宁依然安卧在他的红场墓地,每天上午允许游客瞻仰。在十月广场连接列宁大街的地方,我们看到矗立着巨大的列宁雕像。据导游说,莫斯科有几十座列宁的雕像,由此可见列宁在俄罗斯人民心中仍有崇高地位。红场右方是有名的瓦西里升天大教堂,对面是俄罗斯最大的百货公司——古姆商场,左方可见克里姆林宫的各式建筑。俄罗斯的建筑艺术受古罗马庞贝建筑艺术和中世纪西欧哥特式建筑的影响，又有着俄罗斯民族自己的风格创造，让我们看到了俄罗斯建筑艺术的伟大成就。

莫斯科有两条河，一是莫斯科河，一是尧子河，两者关系有如上海的黄浦江和苏州河。我们在十七世纪建造于莫斯科河上的古老大桥上眺望尧子河，那是瞿秋白1921年访问过的地方。在共产国际第三次代表大会期间，列宁向瞿秋白介绍了"东方问题"，大会中列宁指出"东方千百万被压迫人民的革命运动正在蓬勃发展"，中国等殖民地半殖民地国家的劳动群众，已觉醒起来……显然，这也是随"十月革命"的炮响送来中国的马克思主义观。瞿秋白形容那时的尧子河还是"半乡半城光景"，在桦林深处一个"广不满二丈的小沟，就是这不可小看的尧子河"。同时，这也是俄罗斯舰队的发源地，彼得大帝的第一艘军舰就是在这里试演后进入莫斯科河而驶入波罗的海的。

经过汽车公路大学，附近有座雕像。导游说，那是台尔曼，并告诉我们，季米特洛夫、胡志明的雕像也保留着，近几年还建了戴高乐的雕像，就在我们住的太空宾馆附近。在后来的行程中，我们还看到许多其他俄罗斯名人的雕像，包括基洛夫、捷尔任斯基、朱可夫、彼得大帝、尼古拉一世、叶卡捷琳娜女皇、苏沃洛夫、普希金、普列哈诺夫、车尔尼雪夫斯基、高尔基、马雅可夫斯基等等，反映了俄罗斯深厚的历史和文化。

车行前方出现了一片绿色的山峰，一座高耸入云的建筑逐渐升起，那就是麻雀山（"十月革命"后曾称"列宁山"，现改用原名）上的莫斯科大学，我们下车停足观看，这里绿树成荫、道路宽阔、环境优美。莫斯科大学创办于1755年，前年刚过建校250周年庆典，现有学生3万多人，据说一个学生每年的学费平均在6 000美元。

新圣女公墓埋葬了很多名人,各式各样的墓碑造型、死者雕像坐落在苍翠林间,简直就是一座另类的艺术馆。我们看到了果戈理、契诃夫、肖斯塔科维奇、高尔基、法捷耶夫、斯坦尼斯拉夫斯基、奥斯特洛夫斯基等世界文化名人的墓碑。芭蕾大师乌兰诺娃的墓碑是用汉白玉雕刻的她优美舞姿的形象,栩栩如生。许多苏联卫国战争中牺牲的英雄,包括我们熟悉的卓娅和舒拉,政治人物季米特洛夫、赫鲁晓夫、勃列日涅夫等,戈尔巴乔夫的妻子、斯大林的儿子、中国的王明和妻子孟庆树及女儿等,也葬于此。赫鲁晓夫墓碑上有很大一个头像,半脸白色,半脸黑色,耐人寻味。

离开莫斯科回国前,我们游览了卡洛明斯基庄园,这是彼得大帝避暑的乡村别墅,还到了1812年战胜拿破仑后建立的凯旋门和1995年纪念二战胜利五十周年时建立的"二战胜利公园"。在公园内露天陈列着二战时苏军的坦克、火炮等武器,矗立着代表沙俄、苏联和当今三个时期的俄罗斯士兵雕塑——俄罗斯保卫者形象。我们乘坐有七十多年历史、距地面很深的莫斯科地铁,去了好几个车站。每个车站都装饰得像艺术殿堂,绘画、雕刻、灯饰富丽堂皇。最后,我们游览了有五百多年历史,俄罗斯人称为"莫斯科灵魂胡同"的阿尔巴特步行大街,从许多商铺的工艺品、绘画以及街头艺人的演奏中,再次领略了莫斯科的民俗风情。

据说莫斯科现有1 300万人口,市区东部工厂多,环境质量差,西部环境质量好,是高级住宅区,房价每平方米达1万美元,物价高出其他地段10倍,住的都是"新贵",但政府机关都是老房子,未见新建筑。

圣彼得堡最好的看点是冬宫、夏宫和叶卡捷琳娜的皇宫。冬宫前有很大的广场,一个很大的建筑群就是冬宫博物馆,又称艾尔米塔什博物馆,众多宫室和走廊装饰着历代皇族的画像,尽显其豪华奢侈的气派。这里收藏着许多名贵艺术品,包括达·芬奇、拉斐尔、伦勃朗和凡·高以及马蒂斯、毕加索等著名艺术家的绘画,使人大饱眼福。有一厅陈列着中国的瓷器和工艺品,据介绍,那是李鸿章出使俄国带去的礼物。范文澜的《中国近代史》提供了这段史实的背景材料:光绪皇帝任命李鸿章为正使赴俄参加尼古拉二世加冕,然而他接受俄国50万卢布贿赂,签订了《中俄密约》,允许俄国建中东铁路,战时俄舰可驶入中国任何口岸,租借旅顺、大连25年,等等。冬宫最吸引我们的是列宁领导工农士兵起义攻打冬宫的事迹,听导游介绍,如身临其境。我们离开冬宫,登上停泊在涅瓦河上的阿芙乐尔巡洋舰,1917年11月7日,就是这里的一声炮响,发起了推翻克伦斯基临时政府的总攻击。随后,我们来到列宁领导攻打冬宫时的指挥部——斯莫尔尼宫,现在这里是圣彼得堡市政府,院中矗立着列宁雕像,经门卫同意后,我们入内摄影留念。

彼得夏宫的上下喷泉花园面积很大,宫殿、喷泉、瀑布、雕塑、花园、树木融为一体。花园内共有造型各异的喷泉153座,分布各处,尤其在宫殿前的一组,最为壮观。这里空气清新、风景宜人,还可直达波罗的海岸边遥望芬兰湾。坐落皇村的叶卡捷琳娜皇宫及花园,和夏宫一样,都是毁于二战后又按原貌重建的,高大宏伟、金碧辉煌的气势,令人赞叹。在叶卡捷琳娜皇宫内,有一间全用琥珀装饰的宫室,光彩豪华,世所罕见。普希金少年时代曾在皇村贵族子弟学校读书六年,所以这里也称"普希金城"。普希金后来写过以彼得大帝为题材的叙事长诗《青铜骑士》,在圣彼得堡大街上就有一座青铜骑士雕像矗立在普希金广场,而在艺术广场则矗立着普希金的全身雕像。

与圣彼得堡同龄的古建筑有涅瓦河边的彼得保罗要塞,又称"兔子岛",据说是根据彼得大帝梦境中的景象建造的。除此以外,我们还参观了圣彼得堡最高的教堂、沙俄造币厂和监狱,以及建筑风格独特,以喀山命名的喀山大教堂。

7月的俄罗斯气温在13—24摄氏度,昼长夜短,直到晚上22时30分天才慢慢黑。因此,我们夜游涅瓦河时,仍是阳光普照,蓝天白云。游艇飞驶河上,人人神清气爽,我们观看着船上俄罗斯艺人演唱欢快热烈的歌舞,在击节应和的互动声中,情绪也达到了高潮。我们还与穿梭河上来往游艇上的外国游客互相挥手致意。在长长的涅瓦河上,有两个十一二岁的男孩,随我们的游艇,在河边跑步到每座我们经过的桥上迎接我们,我们每次都招手回应,有个孩子甚至在桥上翻筋斗逗我们乐,使我们联想到似曾相识的俄罗斯小说中的孩子形象。

离开圣彼得堡的晚上,在安娜宫看俄罗斯歌舞演出,歌曲有我们熟悉的《伏尔加船夫曲》等,这些节目勾起我们对苏联红旗歌舞团、小白桦舞蹈团演出的回忆。

今年正逢"中俄友好年",我们深感俄罗斯人民对中国人民的友好感情。我们进入夏宫时,门口有几位乐手奏起中国国歌,向我们表示欢迎。进安娜宫剧院时,乐队站在门口也为我们奏起了中国国歌,我们都很感动,以热烈的掌声感谢他们。先后带领我们的三位俄罗斯导游,也都曾留学中国,会说一口流利的中国话,服务质量很好,他们盛赞中俄友好关系,给我们留下了深刻印象。

(2007年7月30日)

上海世博会观后感

　　参观上海世博会,往返三日,除中国馆外,还有那么多国家和地区的展馆,这点时间是看不完的。然而当我进入世博园仅看过几个馆后,就已被这些宏伟建筑和丰富多彩的陈列感染了,它代表着现代科技的新水平,是现代文明的展示。

　　这是跨越159年的历史时空,来到中国举办的一次盛会,是中国崛起、立于世界之林的重要标志。1851年,英国伦敦举办第一届世博会时,正是鸦片战争之后。随着英国工业革命的兴起,西方近代物质文明播种之时,中国在清王朝封建锁国政策的统治下,一步步地被推向了殖民化的境地,上海成了"十里洋场"和"冒险家的乐园"。后经军阀混战,"白色恐怖"笼罩下,人民处于水深火热之中,直到在中国共产党领导下,中华人民共和国成立,人民才有了新的希望,但中华人民共和国成立初期,中国国力民生仍大大落后于先进国家。记得中华人民共和国成立初期,百废待兴,一次我到上海战友家,目睹他家十几口人挤在十多平方米的房子里,还阁楼上再搭阁楼,就寝都无法直身抬头,这一景象使我潸然泪下。这次世博会的主题是"城市,让生活更美好",在中国馆回顾我国人民生活提高的历程,心中感觉无限的欣慰。

1955年,我国制订第一个"五年计划",苏联帮助我国建设了141个经济项目,上海建造了苏联工业展览馆(后改为上海展览中心),我曾去参加苏联工业展,见到了许多机床、轻工业工艺品,很是羡慕,并深受鼓舞。那时,毛主席在党的全国代表大会上讲,要有五十年时间我国可以建设成为一个社会主义工业化国家。现在看来,1949年后,我们虽在社会主义建设上走过弯路,但这个目标可以说已经基本达到了。改革开放三十多年来,我们在经济、政治、文化、社会、环境、科技等各方面有了长足进步,国力民生有了极大的增强和提高。我置身黄浦江两岸,恍然有今昔天壤之别之感。

恩格斯在马克思墓前说过:在马克思看来,"科学是一种在历史上起推动作用的革命的力量"。我们从上海世博会看到世界各国的历史发展,过去、现在和未来,历史正是也必然是在科学推动下而进步和发展的。科技不仅创造了物质文明,也创造了精神文明,更推动了人类社会的发展。从工业革命的蒸汽时代到电气时代,以至现在的信息网络时代,都是人类在科技推动下的创造。人类的智慧无穷,未来还会不断有新的发明、创造和发展。所以,我们要以人为本,在强大的物质基础上,向着创造人类社会更加公平正义、幸福和谐,使每个人都有尊严,能自由发展的方向迈进。

上海世博会展示了中国的伟大成就,也让我们见识了世界的丰富多彩。《诗经》有言,"他山之石,可以为错","他山之石,可以攻玉"。我们中国共产党人,必将珍惜过去,着眼当前,迈向未来,借鉴一切世界文明经验,为创造更加美好的明天而努力奋斗。

(2010年10月)

欧洲散记

今年7、8月,在女儿、女婿和外孙女、外孙陪同下,做欧洲之游,历时35天,到了奥地利、捷克、匈牙利、斯洛伐克、丹麦、意大利、德国、法国和梵蒂冈等9个国家,游览了维也纳、萨尔斯堡、因斯布鲁克、布拉格、布达佩斯、布拉迪斯拉法、哥本哈根等18个城市。这是我继2007年出游俄罗斯后的又一次远行。

一、自然社会环境印象

较中国而言,欧洲各国城市间的距离不遥远,市内、市区间多通火车、汽车、有轨电车、地铁及飞机航班,乘客不感到拥挤。现代旅游业发达,所到城市几乎都是旅游胜地,不同肤色的游客人山人海,但多数街道行人不多,符合欧洲各国人口密度不高的现实。

七月气温宜人,虽日间早晚温差较大,但不太悬殊,只在哥本哈根的几天早晨风大,略感寒冷。遇到几次阵雨,霎时复晴,蓝天白云,格外清明。

在外国文学作品中，19世纪的欧洲天空并不清明。狄更斯笔下，英国的市镇工厂废气污染严重，水渠和河水被气味难闻的染料冲成深紫色，建筑物有时传出嘎拉嘎拉的机器噪音，夏天浓烟吹到人们头上，远远望去一片黑雾，热气蒸人，灰尘扑面，熟油刺鼻，使人不能张目而视……恩格斯曾指出，英国工业革命后期为赚取工人更多的剩余价值，采取协调措施，做了一些改善工人的工作条件、避免流行病发生、改善城市卫生状况、修下水道、拓宽马路，以及改造贫民窟的善举。如今，西方社会已经积累了一个多世纪的治理经验，城市面貌有了较大改观，也带动了社会文明的进步。在欧洲期间，我们所见城市大都空气清新、马路洁净、通畅，民众遵守公共秩序，自动按序排队，汽车礼让行人，没人闯红灯和乱丢垃圾。两年多前，哥本哈根开过一次世界气候会议，我们看见那里的风能发电站和街道上连锁经营的脚踏车出租站及无人管理的有锁私车停放点都比较多，对此留下了深刻印象。我国现在提倡"跨越式发展"，把生态文明列为重大国家建设项目之一，我想，假以时日，当也能做出大的成绩。

欧洲的大多街道并不都像巴黎香榭丽舍大街那么宽阔，有些街道狭窄，还有些是老旧石铺路，也有街道因汽车占道停靠，饮食咖啡店沿人行道旁设座而显得拥挤，在旅游人群聚集的休闲场所和广场，也能见到散落在地上的烟蒂，说明作为社会文明标志的某些方面，主管当局还有治理不到位的死角。我们在每个城市几乎都遇见了各种装扮的乞讨者。在布拉格瓦茨拉夫大街的"天鹅绒革命"广场，我坐在五彩缤纷灯下的条椅上，看见掏垃圾的老汉和乞讨的老妇走过，在隧道口遇见了吹长笛乞讨的艺人；在哥本哈根遇见的是穿金色衣服蒙面躺地的乞者；威尼斯有全身包裹、蜷缩卧地、蹒跚的残疾乞者等；在罗马，还遇到一个佝偻着身子来我面前指腹表示饥饿的老人。在地铁上遇到一个演奏组合，一个10多岁的男孩随音乐扭摆身体，然后手捧钵子讨钱，与我幼时在家乡所见"耍藏匿"的乞讨方法几乎一样。乞讨毕竟是社会的产物，根源来自贫困。贫困问题全世界都未解决，西方发达国家没有消除人的贫困，发展中国家更面临着同样的问题。

二、马克思的足迹

欧洲的历史文明悠久，从中世纪后期意大利手工业资本萌芽，到英国近代工业革命资本主义发展，法国资产阶级民主大革命，以欧洲为中心的国际工人运动和社会主义革命兴起，爆发了帝国主义时代的两次世界大战，战后社会主义阵营开始分裂，东欧剧变，苏联解体，这一切所发生的种种，可谓历经沧桑。

我踏入欧洲土地，想起马克思。他从普鲁士特里尔小城起步，浪迹欧洲各地，开启了一个崭新的历史时代。法兰克福和维也纳都是马克思指导欧洲工人运动和社会主义革命走过的地方；巴黎同马克思的名字联系更紧密。他在这里同恩格斯会见，自此以后，共同奠定了科学社会主义的理论基础，提出废除私有制，实现人的思想解放。巴黎公社失败后，马克思总结经验教训，后来阐明共产主义两个阶段的原理。我未到特里尔、布鲁塞尔、伦敦、科伦等地，也未到纪念公社战士死难的拉雪兹公墓，但我相信马克思主义基本原理的正确性。20世纪30年代胡愈之写的《莫斯科印象记》，肯定了俄国"十月革命"后的进步。鲁迅在《苏联闻见录序》中说，1931年苏联出口小麦、石油震惊资本主义国家，如苏联无优越处，不可能有如此巨大生产力。可见那时代的人们，并未都把俄国"十月革命"妖魔化。后来，苏联由于政策错误，革命内部蜕化、腐败、变质，以至完全脱离群众，丧失共产党领导权，解散共产党。但因此质疑马克思主义理论的正确性，是完全错误的。科学的历史发展观表明马克思主义仍有其无穷的生命力。

三、欧洲历史人文掇拾

　　我未定必去之地,只是随遇而观。在巴黎参观卢浮宫、凯旋门、埃菲尔铁塔等名胜古迹;在维也纳看美泉宫、希茜公主展览馆、女皇玛丽亚·特雷西亚广场和皇宫。维也纳不愧是"音乐之都",有贝多芬、约翰·施特劳斯、舒伯特故居。萨尔斯堡是欧洲最大的古城堡,莫扎特诞生于此。在去萨尔斯堡途中,连游哈尔斯达特湖、月亮湖、国王湖。进入德国慕尼黑,又游览了天鹅堡和新天鹅堡,后来还到了因斯布鲁克。

　　1938年,英德法意签订《慕尼黑协定》,出卖捷克,继而德国进攻波兰,第二次世界大战爆发。经历人民解放、"布拉格之春"、苏联入侵、"天鹅绒革命",捷克与斯洛伐克分离……如今,在布拉格瓦茨拉夫大街的"天鹅绒革命"广场上,依然人群密集。我们漫步伏尔塔瓦河大桥,不知有多少人还能记起尤利乌斯·伏契克的《绞索套着脖子的报告》。出生在布拉格的奥地利作家卡夫卡,批评过现代美国的贫富悬殊,他说:"富人的奢侈生活,以穷人的贫困为代价。"匈牙利的布达和佩斯分隔在多瑙河两岸,由9座大桥连接相通,我们经过最著名的链子桥到达布达皇宫城堡,瞻仰1896年为匈牙利民族定居欧洲千年纪念而建的英雄广场,俯瞰佩斯,遥望裴多菲大桥,记起了鲁迅翻译的裴多菲追求自由情怀的《自由与爱情》和孙用译的《勇敢的约翰》。布拉格、布拉迪斯拉法、布达佩斯都是美丽的城市,以教堂、皇宫和城堡等古建筑为最多,是历史上神权、皇权的象征,也是劳动人民、艺术家的创造。

　　从布拉格回维也纳,乘飞机到达哥本哈根。火车穿越大贝尔海峡到达欧登塞,一路长桥卧波,碧海浩瀚,来到安徒生故居,在博物馆前草地上欣赏安徒生童话剧表演。《卖火柴的小女孩》激起少年时的记忆,语文老师出的作文题目"一个扫落叶的孩子",也曾引起心灵的共鸣。我们带回了面向大海坐在水畔的美人鱼青铜仿制品,也领略了郭沫若对哥本哈根"泉水喷云海水平""海畔人鱼疑入梦"的赞美。

德国法兰克福西思格拉大街有歌德旧居和博物馆,《少年维特之烦恼》就是在这里写成的。这部追求爱情和自由的自传体小说,经郭沫若翻译出版后,风靡二三十年代的中国,整整影响了两代中国青年人。在歌德旧居卧室门旁,至今仍然悬挂着夏绿蒂的肖像剪影。离开歌德旧居,我们乘船游览了美因河。

意大利的威尼斯水城,市内没有公共汽车,要步行很久才能找到厕所。威尼斯和中国苏州都有数千年的建城历史,苏州也被称为"水城",或称"东方威尼斯"。但威尼斯人总担心这座城市将来可能被淹没,苏州不存在陆地下沉、海水倒灌的问题,故无此虞。威尼斯是马可·波罗的故乡,他的游记记述了中国许多地方的风俗与物产,为东西方的交往做出了贡献。在威尼斯近郊的诺瓦莱小镇,我们入住附近一家庭旅馆后,意大利友人驾车带我们在小镇观赏夜景。该镇已有千年历史,曾经历过战争,有国王居住于此,城堡四门,环城有河,门前吊桥,附近多水,现已建为民居区。

威尼斯和佛罗伦萨都是南欧手工业出现早期资本主义萌芽的城市,并且开文艺复兴之先风。达·芬奇就出生在佛罗伦萨。在这里,我们参观了新圣玛丽亚大教堂。有位作家认为我的家乡诸城与佛罗伦萨相似,我游半日,未获同感。诸城虽也出过不少历史文化名人,是一座有着悠久历史的美丽小城,但从未因某个人而享誉世界,而佛罗伦萨在世界文学史上是与但丁、薄伽丘的名字联系在一起的。

之后,我们又去了古罗马斗兽场和卡比托利欧博物馆,这是米开朗基罗所设计的一座包容多国艺术和考古的博物馆。

德国的海德堡,是一个仅有 14 万人口的小市。这里有德国最古老的大学,是神圣的罗马帝国继布拉格大学和维也纳大学之后开设的第三所大学。这所大学于1823年建造了学生监狱,专门监禁"违反校规"的学生,一直延用到1914年。学校设监狱,可谓"奇观"。我们到维尔斯堡时已是傍晚。在这两个城市,我们主要是参观古堡。

四、阿尔卑斯山和地中海

从因斯布鲁克穿越许多隧道,绕行在阿尔卑斯山群峰之中,到达山脚后,乘缆车登上母亲峰,其高度仅次于瑞士的美女峰。皑皑白雪,半山飞瀑,映着阳光宝石般碧蓝晶莹的山顶湖泊,一切美景尽收眼底。

其后,从罗马乘飞机到达法国尼斯,我们当晚欣赏了地中海夜景。在海滨的石滩上,我捡回一些卵石。坐在礁石上遥望星空,海天一色,清风拂来,微闻涛声,在灿灿星光下,孩子们引吭高歌。在大自然的怀抱里,一行人也消除了整日的疲惫。

孙女在巴黎留学6年,已取得硕士学位,我们相约在马赛见面。在马赛,孩子们下海戏水,我们在岸边休息。这个号称"法国第二大城市"的地方,街道古老而陈旧。我们参观了马赛曲纪念馆,回顾了法国大革命中起义者高喊"自由万岁",通过"人权宣言",义勇军唱着《马赛曲》向巴黎进军的历史和王室反扑、"热月政变"的悲剧。小说《自由万岁》和剧本《丹东之死》,都是反映那个时代的文学作品。

五、遭遇腰包被抢劫

在即将离开马赛时,我们中有一人的腰包被骑摩托车的飞贼抢走。所幸人未伤及,损失财物不多,但丢失了护照恐影响接下来的行程。我们到附近警局报案,由孙女做法语翻译。由于附近监控设备损坏失修,而且未伤人,当地警局就只作为偷窃对待,我们也不再追究。他们出具报案证明后,找到我国驻马赛总领事馆,补办了旅行证,替代已失护照,幸未耽误已预定火车票的下一行程,顺利到达巴黎。据说现在是欧债危机,在经济不景气,就业岗位不稳定,社会动荡的情况下,欧洲许多地方治安也受到影响,偷抢事件时有见闻。

六、在国外遇见的中国人和外国人

在欧洲,遇见了各国游人,只要互相交汇了目光,几乎表现都是友善的。登车、登机安检时,多次听到安检人员用中国话问"你好",甚至竖起大拇指说一声"中国",我们表示感谢和自豪。在景点拍照,总有外国人主动前来助拍。在欧登塞时,有一位外国老妇主动上前帮助我们集体拍照;从维也纳到布拉格的途中,吃午餐时,一位日本青年还送了我们4只甜橙。

在国外,很多地方也有中国人,大陆各地的、港澳的、台湾的都有。在哥本哈根青年旅舍餐厅,一位台湾青年给我们送来一盘点心,一位香港来的中年妇女给我们送来车厘子,她祖籍是广东梅州。在欧登塞,我们还遇见一位定居海外的儿童剧编导,她刚下火车来不及吃饭就访问安徒生故居,我们就把带的面包和酸奶送给了她。一路虽与他们都是匆匆相遇,匆匆告别,但彼此留下了深刻印象。

在维也纳,参加友人邀请的聚餐,见到一些在海外打拼多年的华侨,年纪大了,想"落叶归根",事业留给下代人继续发展。他们中经营餐饮业的人较多。每个餐饮店几乎都是一个中国文化的窗口,除中国菜式外,店堂内的装饰也透着中国文化元素。假期打工的中国学生,在餐厅紧张忙碌工作,重复着先辈在法国勤工俭学的足迹。遇见作家冯骥才,互不相识,但我认出是他。女婿问:"是中国人吗?"他幽默地回答说:"我走到哪里都是中国人呀!"口气充满自豪。作家铁凝今年访德后撰文说:"走出去,对祖国的成就和荣耀有了更深的体会,很多作家朋友说,一出国就更爱国了。"我想这也是今日多数中国人的共识。我的小外孙,是个初二学生,看过许多教堂、城堡、皇宫后,结束欧洲之游时说:"还是中国好。"这也不失为他的真实感受。

我的欧洲之行,最大的感悟是中国人多,现在有13亿人口。这也是中国最大特色之一。中国特色社会主义就是解决13亿人的问题;为人民服务,就是为13亿人服务。大有大的难处,为政者不易,共产党领导的责任重大。这个历史性重大责任,要求共产党自身坚强。要高举中国特色社会主义伟大旗帜,坚持四项基本原则,坚持改革开放,团结各民主党派,接受人民监督,密切联系群众,开展批评和自我批评,保持党的优良作风,不断自我完善,全体党员和人民同呼吸、共命运,齐心协力,共同奋斗。

鲁迅说过,一要生存,二要温饱,三要发展。马克思认为,未来社会发展为社会主义、共产主义两个阶段,而达到人的解放。毛泽东说,到了共产主义还要发展,不会停止。邓小平说,发展是硬道理。党提出科学发展观,就是要从实际出发,按客观规律办事。我国正处于并将长期处于社会主义初级阶段,我们的发展,必须从这一实际情况出发,任重而道远。

现代中国,已经历了新民主主义革命、社会主义革命和改革开放三个阶段,现在正向实现全面小康,实现中华民族伟大复兴而奋斗。在中国发展前进的过程中,我们始终坚持着未来会更美好。

(2012年11月29日)

闲趣偶记

豪情偶寄写群芳

先严宇超(1906—1968),字任西,晚号越公。早年读书时画过素描,我小的时候,看到他保存在外婆家的一本素描画稿,已有相当功力。二十世纪四十年代,在延安,他参加接待中西记者团工作,为配合鲁艺的同志布置展览,他设计用马兰草纸进行装潢,博得周恩来称赞。五十年代末,因工作接触建筑艺术和工艺美术,他开始业余学习国画。先后同鲁、京、沪、苏、浙等地美术界朋友交往,数年以后画艺大进。他之能画,亦有书法功底。其书,早年得力于《荧阳郑文公碑》尤多。他不是专业的书画家,但早有许多同志称赞他在书画方面的才识,他热爱中国传统艺术,关心其发扬光大,积极宣传贯彻"双百"方针,曾多次参加书画界的座谈雅集。

父亲的国画题材是多方面的,花卉、鸟虫、山水都曾入画,随见随意,兴到而为,常能赋予新意。他画雄鸡和稻粱,郭沫若题诗:"高歌唱不休,一步一回头。喜看稻粱熟,四海庆丰收。"十分切合他的画意。

1963年,李宇超画作《第十只鸡》赠谷牧

他画的芙蓉、螃蟹和水稻,寓意秋熟的喜悦,也是诗情溢于画外。他画小麦,寄予引进和培植良种的关心。他的画风不拘于一家一派,主张博采众长,为我所用,因而不论泼墨赋彩,均清新艳雅,而有自家面目。谢稚柳为其遗作《折枝海棠》题词称:"于吴昌硕、齐白石而外,别具新格。"确为此评。

父亲学画,用功很勤。1962年到1965年间,他只要不出差,几乎天天都坚持业余作画。在外地出差也常常携带写生本,归来时厚厚的小本子画得满满的。平时,案头的水仙花,机上的蕉叶菊,园中的春兰和秋菊都是他写生的对象。他画的山水还参加过展览。

父亲待人诚恳、平易近人、尊重知识，能虚心向知识界的朋友学习。他在书画以至美学理论、建筑、文物等领域有许多朋友，不论他们处于顺境逆境，父亲都能从尊重知识出发，与他们团结相处，向他们请教。他还曾阅读了一些美术理论、建筑艺术、画史等书籍，这对他的书画成就是有帮助的。

父亲的书画活动，一向坚持业余进行，作为陶冶性情、休养精神、活动身体的一种健身方法。在繁忙工作中，父亲寄情于笔墨，他有一首《甲辰题画诗》："东风浩荡花齐放，万紫千红耀八荒。人物风流看今日，豪情偶寄写群芳。"这首诗是1963年的一天，我从福建前线北返，路过上海时父亲写下来给我的。由于"文革"中父亲的书画作品几乎毁灭殆尽，这一幅已是劫余之殇了。虽然这幅字是当时随手挥写的，但从中仍可略窥父亲书法艺术的精神风貌。

父亲逝世15周年了，爰作此文，以为纪念。

（1983年1月）

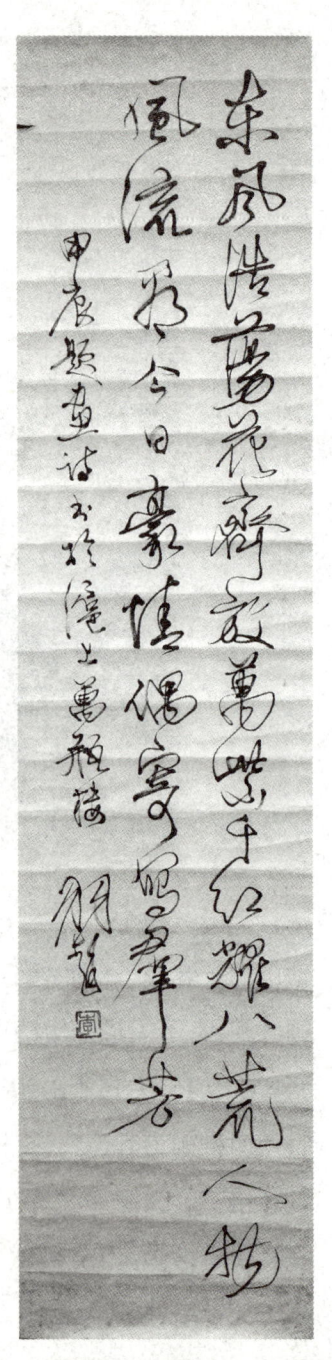

李宇超《甲辰题画诗》手记

溧阳书法展观后感

　　继溧阳水彩画展之后,又迎来了溧阳县(现为溧阳市)书法展。一个县接连来南京举办画展和书展,引起各界人士瞩目。这是溧阳这片文化沃土的历史积淀,是近十多年来县领导及主管部门、各界人士和书画作者共同辛勤耕耘的结果。

　　观赏过溧阳书法展后,我深感这是一个别开生面的展览,很有借鉴与学习之处。一是作品遵守中国书画艺术的规律,继承和发扬书艺的传统。作品都以手执笔写成,只有一位失去双手的残疾人是以足运笔书写的。作者们的创作态度严肃认真,具有浓郁的民族气息。展品多从唐碑入手,以欧、柳、颜书居多,上追两晋六朝碑刻以至秦篆汉隶,受近代吴让之、吴昌硕、李瑞清影响;个别作品具有汉砖文意味。总的印象是精选入展,功底扎实,亦有才气。二是有突出的地方特色,书写的内容大都是健康清新的历代诗词和联语,也有作者自撰的诗文。而描绘溧阳山川形胜、历代人文、物产风俗、革命传统者尤多。既有孟东野的《游子吟》,李太白的《猛虎行》《望瓦屋山怀古》,又有"美哉溧阳,乐哉溧阳"对家乡的讴歌;既有抗日战争史迹的记录,又有乡贤朱玉连、姜丹书的传略;既有从校官碑、唐井栏到麂桥淳化阁帖石刻书法源头的介绍,又有对大书法家张旭踪迹的追录。作者以绝对热情的追录,既弘扬了中国书法艺术,又反映了爱祖国、爱家乡的民族精神,寄性情于书法之外,寓教化于书法之中。三是深感书法创作队伍宏大,后继有人。

此次参展者有省书法家协会会员、专业书法工作者,但多数是工人、农民、干部、教师、医生、学生等各行各业的业余书法爱好者。尤其万喜的是,在 86 位作者中,有 20 位是 14 岁以下的少年,其中最小的只有 5 岁。他们写的"莫等闲,白了少年头""一日难再晨"等警世名言启示着人们奋发上进。

溧阳书法的造诣和展览的组织领导工作,都是值得称道的。

(1989 年 12 月 3 日)

石城余人画轴

　　石城余人画，绢本，单款"石城余人"，钤一印无法辨识。从画风断为金陵八家之一的高岑所作。

　　高岑，江宁府上元县人（上元县在今南京市区的北半部），曾作《金陵四十景图》，刻印在康熙年间出版的《江宁府志》中。康熙十八年（1679）、崇祯十六年（1643）均有山水扇面作品。其兄高阜，字康生，江宁诸生。工画水仙，与弟岑皆负时誉。周亮工（万历四十年1612—1672）赠诗有"晨昏蔬荀馔，兄弟薜萝居"句。这说明高岑也是明末清初时人。他自称"石城高岑"。康熙十二年（1673）曾作《松窗飞瀑图轴》，署款亦作"石城高岑"，此图绢本、设色（178厘米×94.7厘米），全款题为："古树云封带雨烟，桃花源在别人间。碧落小窗松径外，半空飞泻经千年。癸丑石城高岑画并题。"原作现藏天津市艺术博物馆。画款尾钤两印，从印刷品（《艺苑缀英》第45期）中难以辨认上印白文四字，"之印"二字可辨，下印朱文。

　　又，高岑字善长，又字蔚生。另有一说还有一高岑，杭州人，字善

良，工山水。

　　石城余人画，越公于 1961 年或 1960 年购置于青岛，1961 年 10 月托赖少其带至上海由上海博物馆揭裱。经谢稚柳、钱君匋、唐云、肖尹等人看过，均认为是金陵画派风格，断代为明末清初。现我断为高岑所作，可做进一步之研究以待证明是否。又，高岑初师同里朱睿。明亡朱削发为僧，法号七处。

（1990 年）

韩国钧及其书法

韩国钧,江苏海安人(1857—1942),字紫石、止石,号止庼、止叟,是近代江苏著名历史人物之一。稚年丧父母,家境清寒,由姑母养大。中举人后,出任河南镇平、祥符、武陟、永城、潃县知县。有政声,民间誉"韩青天"。旋升任河北矿务局总办、交涉局会办,因与英人交涉得体,受清廷嘉奖,派赴日本考察农工商矿。归国后,回河南充陆军参谋处兼矿政调查局总办,迁奉天交涉局兼开埠局长,调广州任督练所参议兼兵备处总办。受慈禧太后召见,再度赴奉天,署交涉司兼葫芦岛商埠督办,后调任吉林民政司。他在晚清屡受上峰青睐,被认为是"博通经史,深谙务实,才长心细,勤明练达,堪为大用"之人,因此而"屡膺朝命,由县令而兼司、而开府,其间兼任军职。"

民国以后,他回到江苏。1913年,出任江苏省民政长,次年,任安徽省巡按使。1922年,再膺江苏省省长之任。1925年,他在历经沧桑之后引退回籍。此后,应聘担任禁烟、水利、防汛、救灾、清理苛捐杂税等社会职务,以古稀耄耋之年,关民民瘼,著有劳绩。

袁世凯称帝时，他被人密报反对帝制，适离皖任而免于受袁封爵。不久袁死，他讥其帝制短命"如电光之一瞥"。在军阀混战中，他于1918年发出过"中原未厌兵""不为兆民艰"的感叹。在北洋宦海中，他深受"财权属民政，终为军属所不满"之苦，尤甚的是，他主安徽省政，因撤换一枉法严酷之县长，与军属倪嗣冲龃龉而去职。两任江苏省省长，他有不同的感受，虽然在同军属关系上，有过张勋索款，政府被包围和冯国璋要军属兼民政的事件，但那时是从清代腐败到民国"光复"，而再任则是兵荒马乱、人民涂炭的江浙战争、直奉战争时期。他在引退时说："民二莅宁，破坏之江苏当余任而完整；今日完整之江苏，当余任而破坏，岂不疚心！"虽然他已是够飞黄腾达，但自感在任"殊抑郁无聊"，乃视引退"如出樊之鸟""其乐无极"，遂决然离去。

抗日战争时期，他拥护国共合作，主张团结抗战，反对分裂投降。陈毅率新四军部队北上苏北后，国民党顽固派制造反共摩擦，他以"未隶国民党，亦未入共产党，自问超然，而力主调停，一致对外"。他的公正态度与积极参与，对当时苏北的抗日斗争形势起了积极的作用。他对北洋军阀以至国民党统治时期"取民无制，军人之搜索更无制"，"某高级将领积资千万"，"民国以来勒索之方千百倍于前清"，深为不满。对日寇侵华，遇农舍"动辄焚烧百数十家"，更为痛恨。1941年，日寇占领海安后，逼韩出任伪职，他保持民族气节，至死不屈。陈毅赋诗称赞其"坚持晚节昭千古"。

但是，韩国钧的政治立场和世界观是保守的，他对1926年的北伐战争很不理解，曾提出"士兵纵不惜生命，究为何人何事"的疑问。对共产党和新四军的抗日主张，他在一段时间内持保留和观望的态度，而且，他自己就是地主，十分害怕被没收土地。不过，这并不影响他是一位正直、爱国、有威望的社会耆宿，陈毅尊称他为"国老长者"，并曾赠联"杖国抗敌,古之遗直;乡居问政,华夏有人"。1940年,在反国民党顽固派的姜堰战斗前,韩国钧曾有一联赠陈毅:"天心已厌玄黄血,世事难平黑白棋。"反映了他在新四军与国民党顽固派之间的中间立场。但是,后来在韩德勤一再背信弃义的情况下,他终于看清了是非,叹服共产党深得民心,认为韩德勤无信必败。

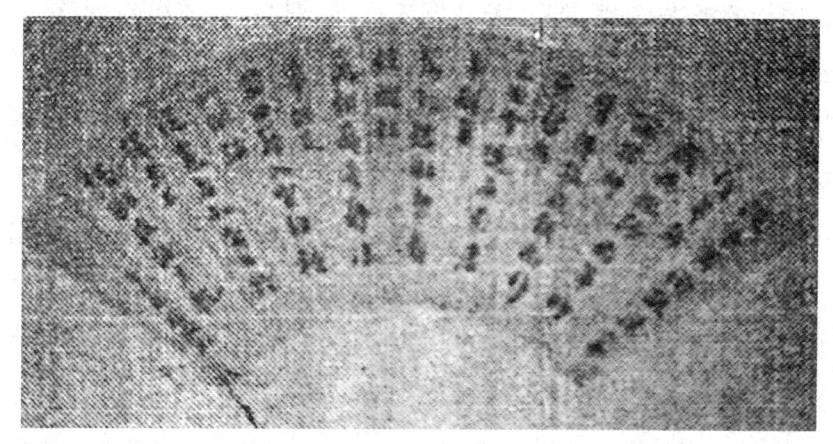

韩国钧书法

韩国钧自幼饱读经史,长于诗赋,书法亦很有根底。晚年著述有《永忆录》《止叟年谱》等。他多年从政,未列名于书法家之林,但却乃贤者能之,属名家能书与善书者。姜堰战斗前,他送给陈毅的对联,书写的就是颜体楷书。他的书法作品存世极少,同陈毅诗联唱和、书信往来的墨迹都未见留存,现今只见诸文字记载了。今见韩国钧于1931年写的一帧行书扇面,字在颜鲁公、刘石庵之间,书七律、七绝诗各一首,署款"辛未春韩国钧",钤"止叟"朱文小印(见附图)。诗似韩国钧之原作,流露出对军阀混战的讽刺和盼望太平的心境,以及体恤民情,对政府高征赋的批评。

韩国钧髫龄即勤习书法,16岁时作草书屏,享誉乡里。后来,他仍对书法很有兴趣,而且下过一番功夫。安徽罢归后"专心作书,

111

日有长课",以"得静中之乐,劳心而不害性情"。他惯于以大笔作小字,主张"作字须笔大于字",但有时以小羊毫作书,也颇觉适意。他对刘墉死后作传,不必多所溢美,但言"公书名满天下"一语颇为激赏;对王铎的书法十分喜爱,认为王"深入晋人之室,故纵笔所之,无不如志",曾参照效法;对包世臣、康有为推重碑版亦有研究。韩国钧的书法,观其墨迹,乃从颜入手,受刘墉、王铎影响,上窥二王与北朝碑版,而形成其稳实厚重、蕴藉儒雅之书风,就书法艺术言,不失为名家可观之作。他写的这幅扇面,乃以大笔写小字,体现了他写字要"笔大于字"的主张。其用笔方圆并举,提按得宜,字字着力,锋实毫齐,横画不乏雄秀之姿,竖画多有凝重收笔,结体端庄,杂以草势,笔力开张而筋骨中藏,左顾右盼,气韵相通,章法停匀,显有生动遒丽之致。字如其人,正正堂堂,不媚不俗,反映出他为人刚正不阿和学养丰厚的品格。展读玩味,美在其中。他在日寇幽困下忧愤而死,与颜真卿拒降李希烈死节事,差相近之。王铎学过颜楷,石庵老而潜心北朝碑版,从这幅扇面的行书中,亦可见韩书受其影响的端倪。

(1995 年 10 月)

题林则徐砚

关于林则徐砚：

越公所兹"林则徐砚"，确系林氏旧物，惜原有铭跋被毁，已见越公所记。

林则徐砚

此砚端溪石质甚好,有"火捺""胭脂晕""蕉叶白""金线""马尾纹"等花色,且清晰润泽,刻工亦好。

王世英赠越公后,曾请北京名玉雕工加工,又由上海博物馆徐孝穆将越公跋文刊勒砚底。越公书与古砚名刻浑然一体,相得益彰。

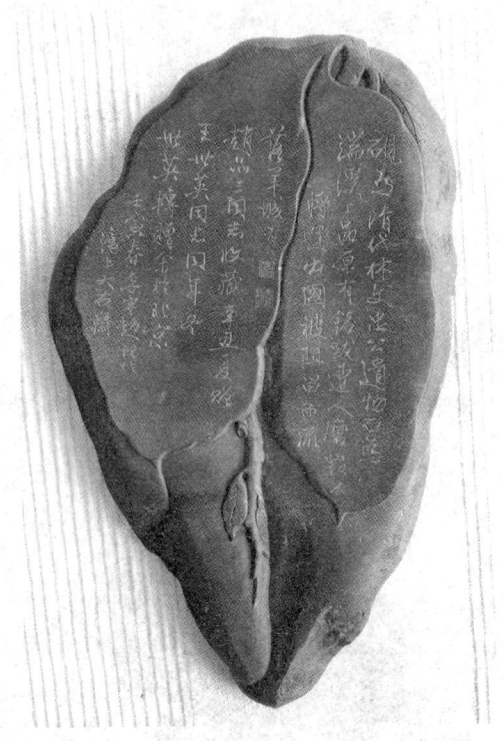

林则徐砚

(1995年12月3日)

随园故址考辨

近几年流行一说,谓南京乌龙潭东侧为明末清初吴应箕园林,清康熙年间,成为"曹雪芹家园"一角,曹家被查抄后归于隋赫德,称隋织造园,后为袁枚购得,改称随园。他们引用以下材料作为论据。

(一)袁枚:"所谓大观园者,即余之随园也。"(《随园诗话》)

(二)明义:"大观园者,即今随园故址。"(《绿烟琐窗集》)

(三)裕瑞:"闻袁简斋家随园,前属隋家者,隋家前即曹家故址也。约在康熙年间,书中所称大观园,盖假托此园耳。"(《后红楼梦书后》)

(四)隋赫德雍正六年(1728)奏折:"细查曹𫖯房屋十三处,并已蒙皇帝'特加赏赉'归于隋赫德。"(《故宫博物院藏清代档案》)

(五)张坚赠袁枚诗前小序中有云:"白门有随园,创自吴氏。"(袁枚《续同人集》)

(六)近人陈诒绂在《金陵园墅志》中说:"吴氏园,贵池吴次尾应箕寓金陵,尝言乌龙潭为山水都居,不必造作,而自然风景,遂园于乌龙潭畔居焉。"

但是，据我研究考证，吴应箕在南京没有园林；随园故址在小仓山，乌龙潭无其一角；随（隋）园前身是曹雪芹家园之说乃从袁枚谰言附会而来，实属子虚乌有。现将我的意见写出来，与专家商榷。

一、关于乌龙潭无吴应箕园林

吴应箕，家世业儒，父为隐者。从他的曾祖父起，四代居住贵池深山中，家境贫困。他生于明万历二十二年(1594)，死于清顺治二年(1645)，终年52岁。明万历四十三年(1615)，他第一次从贵池到南京应试，未入场而归。从万历四十六年(1618)至崇祯十二年(1639)，连续八次参加南京乡试不第，崇祯十五年(1642)他49岁时，才"九应乡试，仅中副车"[1]。其间，他于崇祯元年(1628)参加复社活动，成为领袖人物之一。二十余年中，他频频往来于贵池、南京间，并游于大江上下、吴越、中州等地，自谓"奔走衣食，视家为客"[2]，但他未曾在南京定居。崇祯十七年(1644)三月有诗："四年携室倚南京，二载兵戈日数惊。"[3]意即是崇祯十四年(1641)，因张献忠围桐城而逃难离开。在兵荒马乱之中，阮党横行之时，吴应箕不唯资财不足，且因时势所迫，是无力购置园林的。他是年夏到南京后又回贵池，冬去当涂过春节，崇祯十五年(1642)春才回南京；冬天又到贵池过春节，十六年(1643)初春再回南京。这说明四年中，他并未举家迁移，"携室"在南京实际不足三年。他在南京没有园林，是租赁房屋的，佐证如下：

（一）吴子孟坚在为《留都见闻录》所记万历四十六年(1618)至崇祯十二年(1639)科举轶事的跋语中，有"此余先子儆居留都时所纪也[4]"一语。

（二）吴自称：青溪与桃叶渡相邻之地的南岸，有数屋，"余尝赁居其间"[5]。此处有堤塘直逼鹫峰寺后，相传为古放生池剔青阁故址。

(三) 吴还说:"朱少宗伯园在朝天宫之左偏者……其所称小桃园者,尤为胜地。""予尝自谢公墩迤逦至其处,遂有卜居之心,惜今亦易主矣。"[6]

(四) 吴又说:"南门邻凤寺有园,卖于刘用潜,刘造室其中,未成而病,知不能守,尝语予曰:'此园……若以属子,吾死亦瞑目,其如子贫何!'"[7]

(五) 陈维崧于崇祯十二年(1639)游于吴应箕门下,吴寓金陵栅邹满字阁子,其弟吴非与同寓[8]。

(六) 崇祯十五年(1642),吴应箕《夏日杂兴》六言诗有"僦室何异卖畚"句[9]。

这充分说明,吴应箕虽有在南京择地定居之心,但阮囊羞涩,买不起园林,未能实现,所以他在南京都是"僦居"亦即"赁居",或是借居了。这也足可证明陈诒绂《金陵园墅志》的那段话不可靠。陈书1923年于南京翰文书局出版,其说为前所未见。考查此说来历,从《留都见闻录》的一段话可以窥见线索。话谓:"余中丞世为宦族,其园有数处,而在乌龙潭者为最,盖其山光水色皆几席间物,城中得此为难耳。近时又有陈中丞、金太守皆筑室潭岸,且置画舫以与余争胜。又唐长史、齐王孙等皆有宅枕流面山,虽复数椽,可以延贮清朗,即不为园而山水之美,此其都居矣。"[10]我看这就是所谓吴应箕曾言"山水都居,不必造作而自然风景"的出处,而"遂园于乌龙潭畔居焉",则是陈氏臆断附会而成。

吴应箕僦居南京时,是否曾经到过乌龙潭呢?现只查得他有《乌龙潭山亭同沈眉生》[11]和《清明前一日清凉寺登台作》[12]两首诗。两诗说明他曾游清凉山、乌龙潭,却不能证明他有园林在此。他在《留都见闻录》中记述"登临所至",谈到清凉山、乌龙潭的山水嵯峨幽胜,述清凉山是"予尝登山北望",述乌龙潭是"从灵应观山上玩之"[13],

说明都是登山观景。而且,如前所述,他在记述乌龙潭"山水之美,此其都居"时,并无他自己有园林在此的记载,倘有,当不会失记的。

二、关于袁枚随园的位置和来历

随园的位置,袁枚自己说得明白,专写随园的文章,就有《随园记》等7篇之多。后来,他的嫡孙祖志的《随园琐记》、族孙竹畦的《随园图说》也有详确的记述,他们都说随园在小仓山。"山自清凉胚胎,分两岭而下,尽桥而止,蜿蜒狭长,中有清池水田,俗号干河沿。"[14]干河沿在"北门桥迤西半里许"[15](即今北门桥)。"过红土桥,即随园柴扉"[16],也就是随园的北大门。康熙年间,隋赫德"当山之北巅构堂皇"[17],即袁祖志所谓"居山之北巅"[18]的小仓山房。袁枚得园后,"弃其南,一椽不施,让烟云居"[19]。园西,"小仓山末脉平远",曰西山。百步外,松柏葱茏,"宜作茔地"。乾隆三十四年(1769),袁枚瘗其父于此,并为他自己开生圹[20]。这是随园的西南界,与园外永庆寺(在五台山)相对。"园南穿篱出","从峨眉岭登永庆寺亭","望随园楼台",可以"从其外观之"[21]。

对随园遗址,陈诒绂《石城山志》有一段概括叙述。他说:五台山、峨眉岭北为小仓山袁枚墓地,"山下即为随园","四山环抱中开异境,楼台依山构造,如梯田状,虽屋宇鳞次,而占地无多,四围咸依峭壁,不设墙墉,入园必循山坡迤逦而下,固天然形势也"[22]。可见随园是未超出小仓山范围的。1947年,黄裳实地考察过随园故址,他说"上海路与珠江路交界的地方,一片土山——即是小仓山"[23]。黄裳在上海路转角处找到了袁枚墓的门额,前行爬上土山,找到袁枚的墓道,向右一转,便是袁枚及其妻妾与父母的坟墓。这就说明,此地处于五台山之阴,同五台山之阳与清凉山之间的乌龙潭是不相干的。这同四百年前顾起元对乌龙潭"在永庆寺前","寺南有谢公墩"[24]的记载是一致的。童寯的《随园考》[25]也是排除随园地址达于乌龙潭的。显然,以建筑学家眼光看,在小仓山外,跨五台山,割乌龙潭一角入随园,将茔地置园中,而不置园侧,是不符合造园的一般规律的。

随园位置在小仓山,原为隋赫德的隋园,是确定无疑的。至于随(隋)园与曹雪芹家园有无历史关系,却是众说纷纭。说随园原先是曹雪芹家园,却是没有充分根据的。难怪此说一出,便有异议。周汝昌《红楼梦新证》(增订本)有很好的考证。他指出:乾隆时周春"就第一个声音,袁简斋云'大观园即余之随园',此老善于欺人,愚未深信"[26];嘉道中的诸联,在《红楼评梦》中说,袁枚诗话中此说"言难征信"[27],大观园与随园"无毫厘似处",不过是袁"硬拉之,弗顾旁人齿冷矣"[28]。另有舒坤《批本随园诗话》记载舒曾随其母游随园所见,与被视作曹雪芹家园的《红楼梦》大观园对照,也无似处。洪亮吉访随园诗注、麟庆《鸿雪因缘图记》都说随园本隋赫德创建。最值得注意的是,《随园诗话》的翻刻本、石印本,袁祖志删去了"大观园者,即余之随园也"等语。据弁山樵子《红楼梦发微》说,祖志谓此语乃"吾祖谰言"[29],是以周汝昌改变了他曾经认为"随园或亦本属曹家所有"[30]的看法。

如此说来,不仅乌龙潭没有吴应箕园,也没有随(隋)园的一角,而且随(隋)园的前身也不是曹雪芹家园,乌龙潭也未曾有曹雪芹家园的一角。

从袁枚《随园诗话》所说"雪芹撰《红楼梦》一部,备记风月繁华之盛,中有所谓大观园者,即余之随园也"[31],明义《题红楼梦》诗序所说"曹子雪芹出所撰《红楼梦》一部,备记风月繁华之盛……其所谓大观园者,即今随园故址"[32],两段文字雷同,可以看出袁枚、明义的互相影响,而首倡者很可能就是袁枚。明义《以诗代书寄随园主人》"何处更寻百尺楼,凭高凝望小仓山","昨自邮筒颁二卷,已传衣钵过江来"[33]，表明他这时同袁枚未曾见面，也未到过小仓山，只是互寄作品而已。袁枚"少年登科，壮岁归隐"，"王侯为之倾倒"[34]，明义迎合他是不奇怪的。鲁迅曾以"末二语盖夸"[35]批评袁枚此说；郭沫若在《读随园诗话札记》中，批评袁枚把明义《题红楼梦》中喻林黛玉诗句误作咏"某校书"[36]，证明袁枚未看过《红楼梦》，这是合乎逻辑的推断。袁枚未看《红楼梦》，如何得知大观园是他的随园呢？无怪袁祖志说"吾祖谰言"了。后来，明义在乾隆四十九年（1784）春扈跸皇帝南巡到南京时，访问了随园，但因袁枚去岭南、湘、桂等地游历而未能相遇。次年初，袁回到随园时正70岁。十年后，明义和袁枚自寿诗，为"随园旧址即红楼"一首加注称："新出《红楼梦》一书，或指随园故址"[37]。说明他到过随园之后，对大观园即随园之说，不做完全肯定了。

裕瑞是裕亲王世子，别号思元主人。他的保姆生于乾隆十一年（1746），25岁进府，先看其兄，后看时年4岁的裕瑞。按此推算，裕瑞生年不会早于乾隆三十三年（1768），比袁枚小50多岁。裕瑞在嘉庆十七年（1812）为《枣窗文稿》写自序，大约才40岁上下。他的"文稿"是正集，《枣窗闲笔》当是晚于"文稿"的别集。他在《枣窗闲笔》中，说随园前属隋家，隋家前是曹家故址，又把同大观园的关系，用"假托"二字表述，比袁枚和明义说得明确、严密多了。但是一个"闻"字，说明他是听说来的，也还是附和袁枚的说法。从他《寄赠随园先生》诗和《寄随园主人书》中，所谓"久欲瞻韩恨未能，随园佳胜想攀登"[38]，"久欲识韩，无由可达"，寄稿求"附于所刻《同人集》《诗话》等书之列"，"诚平生之大愿"[39]等语，可以看出，他也未到过随园，未同袁枚见面，没有认定随园就是曹家故址的可靠条件。

张坚赠袁枚诗题"白门有随园，创自吴氏"[40]，也是附会而来。张坚，江宁人，康熙二十年（1689）生，比袁枚大27岁。他少时科场屡挫，遂"焚稿出游"[42]，转徙齐、鲁、燕、豫、川、赣、浙等地，以穷困"隐而为人捉刀","闲居无事,宜其情之抑郁"而著《玉燕堂四种》[43],乾隆三十六年(1771)尚在杭州,后不知所终,终年91岁以上。从赠袁枚诗看,他少时游过"地邻谢公宅"的"白下小桃园",而且已经"瞬息四十年"。诗中所谓"小桃园""谢公宅"地点,实际并非袁枚的随园。他多年未回南京,只因"喜复游其地,读先生自为记"而写此诗,并未见到过小仓山的随园,所以弄错了地方。后来,舒坤《批本随园诗话》中有"随园之先,故属吴姓"[41]之说(我怀疑此说即是来自张坚),有人以此证明随园原先不属曹家,虽未触及问题的实质,却也"歪打正着"了。其实,"随园之先"也非"故属吴姓"。

据胡祥翰《金陵胜迹志》(1933年南京翰文书局版)和徐寿卿《金陵杂志》[宣统二年(1910)刊]载,花露冈为明代屯粮之所,亦名仓山,有徐锦衣西园,后易为吴用光中丞园(即吴应箕《留都见闻录》所称"属之桐城吴氏"[44]者)。清末胡煦斋于其故址建为愚园。而"地邻谢公宅"的小桃园,实际是靠近"冶城之北,永庆寺之南"(冶城在朝天宫)的谢公墩[45],也就是袁祖志在《随园琐记》提到过的位于随园之外的小桃园。如前述,吴应箕虽有卜居此地之心,但未实现。关于谢公墩,《世说新语》有"王右军与谢太傅共登冶城,谢悠然远想,有高世之志"[46];李白《登金陵冶城西北谢安墩》有"冶城访古迹,犹有谢公墩"[47],说明了谢公墩的位置。袁枚曾"考知""随园园基即谢公墩"[48],也是不可靠的。李白诗题虽表明谢安墩在冶城西北,但顾起元、吴应箕又证明是在永庆寺之南,袁枚自己也说明永庆寺在随园之外了。袁枚也多次提到小桃园,如说"离随园数武,地名小桃园"[49],严小秋"梦访随园,过小桃园"[50],等等,都证明这是在随园之外的地名。尽管如此,后来仍有人,如咸同年间的蒋敦复,附和随园"园基即谢公墩"[51]的说法。可见这类附会之谈是不一而足的。

(1999年5月)

参考文献：

[1] 缪荃孙：《贵池二妙集序》（刘世珩贵池先哲遗书本）。

[2] 吴应箕：《楼山堂集》（刘世珩贵池先哲遗书本）卷十八，第 15 页。

[3] 吴应箕：《楼山堂集》卷二十六，第 4 页。

[4][5][6][7][10][13][44][45] 吴应箕：《留都见闻录》上卷，第 11、3、5、5、5、1—2、4、2 页（国粹丛书本）。

[8] 吴应箕：《楼山堂集》卷二十四，第 10 页，《留都见闻录》陈维崧序。

[9] 吴应箕：《楼山堂集》卷二十六，第 9 页。

[11] 吴应箕：《楼山堂集》卷二十二，第 1 页。

[12] 吴应箕：《楼山堂集》卷二十五，第 19 页。

[14][17] 袁枚：《小仓山房文集》卷十二《随园记》。

[15][16] 袁超：《随园图说》。

[18] 袁祖志：《随园琐记》（光绪三年刊本）。

[19] 袁枚：《小仓山房文集》卷十二《随园三记》。

[20] 袁枚：《小仓山房文集》卷十二《随园六记》。

[21] 袁枚：《小仓山房文集》卷十二《戊子中秋记游》。

[22] 陈诒绂：《石城山志》第 10 页（方承组校字本）。

[23] 黄裳：《金陵五记》第 63 页（金陵书画社）。

[24] 顾起元：《客座赘语》卷七，第 214 页（中华书局）。

[25] 童寯：《江南园林志》。

[26][27][28][29][30][41] 周汝昌：《红楼梦新证》（增订本）第 148—149 页。

[31] 袁枚：《随园诗话》。

[32] 明义：《绿烟琐窗集》。

[33] 袁枚：《续同人集》，寄怀类第 114 页[江苏古籍版《袁枚全集》（六）]。

[34] 蒋敦复：《随园轶事》第 1 页（广陵古籍刻印社影印版）。

[35]鲁迅:《中国小说史略》(人民文学出版社1973年上海重排版《鲁迅全集》第9卷第386页)。

[36]郭沫若:《读随园诗话札记》第7—8页(作家出版社)。

[37]袁枚:《随园八十寿言》卷五,第93页[江苏古籍版《袁枚全集》(六)]。

[38]袁枚:《随园八十寿言》卷三,第40页。

[39]袁枚:《续同人集》文类,第259页。

[40]袁枚:《续同人集》过访类第1页。

[42]张坚:《玉狮坠·自叙》(《玉燕堂四种》)。

[43]张坚:《梦中缘》杨榗序(《玉燕堂四种》)。

[46]刘义庆:《世说新语》言语第二,第71页(上册,中华书局)。

[47]李白:《李太白集》第81页(岳麓书社)。

[48]袁枚:《小仓山房诗集》卷五,第77页[江苏古籍版《袁枚全集》(一)]。

[49]袁枚:《随园诗话补遗》卷十,第798页[江苏古籍版《袁枚全集》(三)]。

[50]袁枚:《随园诗话补遗》卷十,第812页。

[51]蒋敦复:《随园轶事》第77页。

古越鲍氏祖传古墨

姻亲鲍世禄兄近喜获一锭古墨,是其高祖晚清书画家鲍遗唐和伯高祖翰林院编修鲍寅初的"书画珍藏"墨。原物为其族人长期珍藏,近来转赠予他。此墨保存完好,长7.8厘米,宽2厘米,厚0.6厘米,正面阴文"古越鲍寅初、遗唐(两名字并列)书画珍藏"烫金(如图),背面"颐寿庐选烟"、左侧"光绪壬午九秋"、右侧"徽州休城胡开文造",均系阳文。由此可知,这是光绪八年(1882)由继曹素功之后的制墨名家安徽绩溪人胡开文后人经营的休宁老店制造的一锭专用古墨。

我国制墨,以徽州为著名产地。清初,以曹素功、胡开文、汪近圣、汪节庵为四大家。胡开文向以选料精,制作细,墨色鲜亮、宜书宜画、不阴不涩、古色古香、历久不变著名。胡氏休宁老店为其次子继承,传至清末而不衰。

此墨主人鲍存晓(1822—1884),字寅初,

古墨　鲍世绪供稿

浙江会稽人,清同治七年(1868)进士,后入翰林院,授编修。擅诗词,有《鲍太史诗集》八卷刊行。光绪帝即位后,曾派其赴盛京(今沈阳)为已故帝后加徽篆宝,作《东使笔记》(稿本,现藏浙江大学图书馆)。寅初先生能画竹,书近董其昌。其胞弟存经,字遗唐,系越中知名书画家,"善画梅,赋色花卉,颇有秀逸之趣"(见《越中历代画人传》),亦能诗。寅初于光绪三年(1877)辞官归里,翌年遗唐置新宅,邀寅初同居,朝夕共寝馈,花辰月夜,诗画联吟。寅初长遗唐7岁,而遗唐先逝。此"书画珍藏"墨,乃遗唐生前兄弟选烟定制。"颐寿庐"即遗唐绍兴前观卷新宅馆舍,巧的是其与大画家徐渭(字文长,号青藤)相邻,故又有"青藤旧邻"之说。可谓兄弟情缘,人文佳话。

  此古墨系优质烟胶制成,为书画家、文人所用烟墨上品。如今,一百二十年年前旧物已不易得,价值固然不菲,就观赏与文物保护而言,也很有意义。民间收藏或祖传品,也是中华民族文物保护的重要组成部分。

(2001 年 8 月)

《往事钩沉》代序之三

梦家同志的革命回忆录,取名《往事钩沉》,内容丰富而有意义。它记录了作者和他的战友们——同时期青年知识分子的觉醒、成长和斗争。在学生救亡运动中,在"左翼"文化运动中(包括文学、版画),以至在武装抗日的斗争中,他们经历了火线下的考验,做出了牺牲和贡献。

梦家和他的胞兄虹隽同志,从学生时代走出诸城,进入北平、上海等大城市,在中国共产党反帝反封建反官僚资本主义旗帜影响下,融入了追求进步与光明的爱国主义的斗争洪流,向往与工农结合的道路,以至成长为共产党员,走上抗日战争的前线。

梦家从事中国新兴版画工作时间不长,但他是二十世纪三十年代中国新兴版画的早期作者之一,对战斗的中国版画艺术做过探索实践,并参加了进步的版画团体的组织工作。正如鲁迅所说,中国版画一开始就为"大众所支持",它是"作者和社会大众的内心的一致的要求"。可见,这是同后来武装抗日上前线,以及坚持在沦陷区和国民党统治区的地下斗争不全相同的"火线下的斗争"。他因服从革命的需要,后来不以美术家名世,但他的作品(署名"郭牧")和回忆却为中国后来的新兴版画运动留下了可贵的史料。他的抗日战争前后关于在诸城等地的革命斗争的回忆,反映了时代的特点,记录了当年艰苦复杂而曲折的斗争,也保存了地域性的乡邦人物和文化史料。

本书附录虹隽烈士仅存的五篇遗作。1941年2月他在山东沂蒙山区写的讽刺诗《快向我们这五十年代的英雄膜拜吧》,是为皖南事变而投向蒋介石的一把匕首。就在这年冬天,他在大青山反扫荡战斗中壮烈牺牲。他的遗作同梦家的回忆录一起印行,昆仲合集,相得益彰,也是对烈士的最好的纪念。

我是诸城人,我家同郭家是亲戚,虹隽、梦家既是我的兄长,又是我哥哥的老师。我们少年时代就对他们的进步倾向有很好的印象,因而十分敬重。1944年底,我在诸城参加革命地下工作,之后参军,转战苏鲁皖等地,中华人民共和国成立后才又见到梦家。我有幸在他的回忆录出版前拜读全书,感到十分亲切,很受启发和鼓舞。我相信:后来之读者,读后会如我同样地受到教益的。

梦家问序于我,是不敢当的,我谨以读后感完卷作答。

(2005年4月19日)

跋何震《柳浪》印蜕

"柳浪",明新安何雪渔篆印原蛟。印章之学,历宗秦汉,至明盛极,并出新意,文三桥领袖印坛,开为风气,雪渔继之,号称文何。雪渔云:"六书不能精义入神,而能驱刀如笔,吾不信也。"可以见证其功力之来自。其印天真烂漫,不失秦朱汉白风骨,开徽派先河者也。

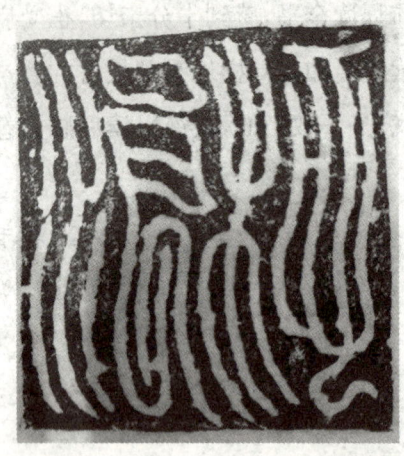

跋何震《柳浪》印蜕

(2008 年)

清末诗人鲍存晓及其诗

清末诗人鲍存晓,字寅初,先祖自歙县迁会稽。世业鹾,同治进士,授翰林院编修,国史馆协修,有《鲍太史诗集》刊行,《东使笔记》手稿存世。在徐世昌主持编纂的《清诗汇》中,共收录清代诗家五六千人,鲍存晓名列其中。

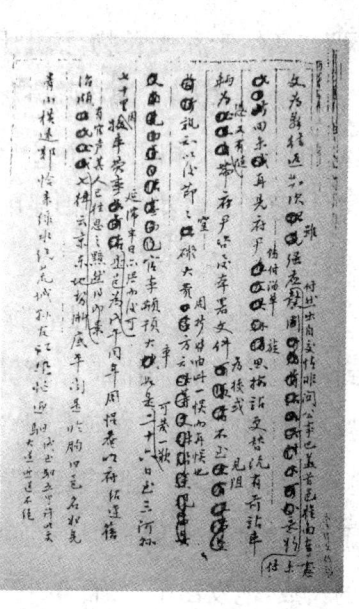

《东使笔记》原稿

鲍存晓生于道光二年(1822)，卒于光绪十年(1884)，终年63岁，在世时恰逢鸦片战争和太平天国运动。他弱冠后就塾于会稽、杭州，咸丰八年(1858)中举，同治七年(1868)中进士，从授翰林院编修，到光绪二年(1876)秋奉使盛京，为已故帝后篆宝，次年辞官南归，曾作"三度京华客"，在京八年。入京前，经历了太平天国在浙江一带的战乱，辞官返故里后曾去歙县寻根修谱。他从16岁开始学习作诗，四十余年所作与其游历所至息息相关，一定程度上反映了那个时代的社会情况和他之所历、所思、所感。《鲍太史诗集》是他死后由其好友郑荔生编校付梓的，存录642首。另在《东使笔记》中尚存诗词多首，有诗集未录或初稿与诗集所录不同者。

诗如其人。郑荔生说鲍存晓"不慕宠利，厌京华繁嚣"，"产谨中人，自视常足"，"家居布衣徒步"，"见者不知为翰苑中人"，"足迹不至官府"，"其诗直抒性灵"，"且时念世道民生"，"言情最真"，"有香山、剑南之风"，等等。他自己说，"有客评余诗，谓似长庆集"，自意"薄有性灵"，"商略千秋无长物，篋中几首性灵诗"。袁枚可谓清代"性灵派"诗人的领军人物，鲍存晓是称颂"简斋才识"的，晚年与推崇袁枚诗风的前辈诗人张问陶徘徊于归田的思绪，也是同调。读张诗步韵有句"挂冠陶令黄花老，感旧潘郎白发新"，"鉴湖鸥鹭应相识，面目归来未失真"，可见一斑。

世业蓰起家，少习举业，"读史每流忠孝泪，掩书设想圣贤心"。待到得了功名，有"稍恰高堂意"的安慰，也培养了忠君爱国维护封建名教与纲常的思想。在鸦片战争和太平天国战争的冲击下，鲍存晓慨叹"风尚随时趋，爱憎自迁变"，"约计十年间，新喜而故厌"，"江河日下"。面对四明失守，"烽火遍江东""到处掩腥风"的战局，鸦片战争的失败，他发出了"二百年来圣武名，何曾城下竟甘盟"以及"中朝忍被外夷轻"的惊呼。登上招宝山，面对波涛茫茫，孤屿荒城，他缅怀葛云飞的悲壮死节,由衷地发出了"守关军吏谁堪倚"的疑问,称颂葛云飞和林则徐"一片赤心符武穆,千秋青史并文忠"。在外患多事之秋,他预感法国对我国将开衅端,发出了"东海风来鲸浪险,西山露下雁声寒"的警告;他关注中俄交涉,对清廷派崇厚使俄订约索还俄占伊犁,却又丧失大片领土主权,遭张之洞上书反对,表示了"差幸中朝尚有人""上书主战国威伸"及"薄海士民公论在,一缄传到共舒颦"的喜悦之情。虽然次年清廷另派曾纪泽使俄改订新约,仍然蒙受较大损失,不无遗憾,但当时诗人的关注是很可贵的。随着帝国主义的入侵,本是"弹丸之地"的上海,忽焉"四面藩篱三面贼,一城商贾半城官,沿海楼舍开夷俗",变作"华夷并域鬼为邻"的东南大都会,他对"著下郁厨动万钱",不知今夕何年的"流寓客"和借口"乐输"勒索百姓的官府,给予了尖锐的讽刺。在出京南归途经天津时,他发出了"纷纷夷馆灿如霞,吴越居然若一家"的惊讶,面对"秋江樯橹城边簇""落日旌旗海口斜"的情景,发出了"长城徒笑祖龙夸"的浩叹。他对外轮"昔但至闽粤,今乃长驱入长江",担忧"长江数千里,在我为腹里,腹里听游行,他日伊何底?"惊呼"吁嗟乎,轮船之利在目前,轮船之患在何年!"

在太平天国战争中,捻军进抵江淮,太平军攻陷金陵,他惊魂不定,及至太平军占领浙江杭、绍等地,他的家族饱受避难流离之苦。对于太平军在民间索米征粮以及民团抵抗之惨状,太平军陷杭州"四路防军无一闻""大吏束手面如土,小吏奔逃无定处"的狼狈相,他都做了如实的描写;对官府在民间的勒索,他指出"勒索如何署乐输,官府急火扰乡间",以至竭泽无鱼漏网,虎口不剩残骨,犹有"饥鹰啄唾余"。同治皇帝即位,两宫垂帘,湘军在长江上游与太平军作战的胜利被称为"同治中兴",一度使他产生乐观情绪,甚至发出过"况彼西夷兵,助我敌王忾"的赞美之辞。但不久之后,他意识到"官兵非不扰，犹可以法约，一自借外夷，太阿已旁落"的祸害，提出了"寄语医国人，下药盖须酌"的呼吁。及至曾国荃克复南京，他表现出"含笑又神伤"的矛盾心情。后年，面对赋重民饥，太平军过后的恢复，他提出"愿告贤大吏，急急筹良方"。他关心世道民生，对终年所获"不值半年租"的农民和沿海风潮，木棉斥卤、庐舍漂泊的沙民寄予同情，对于"小家巷里炊烟冷，大贾门前炮竹骄"的新年气象抱不平。他甚至认为关东骑马贼是"生齿渐繁养不给""岁歉谋生苦无计"所致，而"承平日久吏治敝，官贪吏墨交相蔽"也是造成民不聊生、劫盗不治的原因，以至酿成了官贼勾结，"治盗尚易治吏难"的局面。

鲍存晓为人处世抱有"损我三分清梦稳，让人一步险途通"的心态。为官之道则洁身自好，在为其六弟授贵定知县所作的《送勖斋之官黔中》有句"亲民官自君嚆矢，步伐须教后队看""一个官身神鬼鉴""此心情夜要常扪""宦囊虽萧也足欣"。他自己也以"财怕损名宁少蓄""自足平生愿，名利命中休""休与今人争腐鼠"自勉。他认为"趋时失本色，守素违时妆"，直至"六十平头两鬓霜，不贪宦味早还乡"。退休乡里以后，他还以"利路风波险，名扬毁誉多"，"贫犹可患富尤惧，毁固难堪誉亦忧"警示自己，保持"奢愿无他唯老健"，寻求"安吾素所安"的生活。他早年就认为"天地本缺陷，女娲难补修"，人生要有大的成功，不应追逐"区区小名利"，但是到了他的晚年，在清末内外交困的时局下，他向友人"时作忧时语"，甚至"无端共下忧时泪"，却也无可奈何了。

有论者谓《清诗汇》"因诗存人，因人存诗"，但反映社会矛盾及清末反帝斗争的作品入选较少。我手头无此书，不知收录鲍存晓诗的情况。并且，关于《清诗汇》，也只散见于汪辟疆的《光宣以来诗坛旁记》等书的一些记载中。就《鲍太史诗集》而论，却是一定程度上反映了当时的社会矛盾和作者的反帝思想,这是一个亮点,值得称赞。在清末诗坛上,他比黄遵宪大 26 岁,但早离世二十一年,他没有黄遵宪的多种经历。黄诗开后来"诗界革命"之先河,他的诗远无黄诗涉及范围广阔,影响深远,但他和黄遵宪、李慈铭、王闿运、俞曲园等人基本上都是同时代各有其特点的诗人,不失为承前启后的作者。

说明:所引诗文均见《鲍太史诗集》

(2009 年 5 月 24 日)

乐养身心

古代人平均寿命不长,白居易诗说到自己"寿及七十五"。他述及自己年龄的诗篇很多,除他外,我未见过更多的记载了。他在"年开第七秩"时,慨叹"屈指几多人";"行开第八秩",已称"可谓尽天年"。在他看来,人生虽有"七十期",但却"十人无一二"。我们生活在现代盛世,俗称"七十小弟弟,八十不稀奇",而且百岁老人也不少,所以我们应该保重身体,努力向百岁乃至一百多岁迈进。

白居易诗还说道:"凡人年三十,外壮中已衰。"由此看来,古人的平均身体状况实在太差了,连乐观的白居易也难免悲观,在三四十岁时他就愁老了。但他悟出了"畏老老转迫,忧病病弥缚;不畏复不忧,是除老病药"的道理。他的"坐禅""罢药"的主张,带有片面性,而"无浪喜,无妄忧,病则卧,死则休"以及"乐天、乐天,归去来"的乐观主义精神是可取的。社会文明进步关乎人类健康之大,采取乐观主义态度,科学养生,有病要看,必要的药得吃,快快乐乐过好每一天,是最重要的。

(2009年11月15日)

贺《台门往事》出版

台门,古已有之。上古,台门是一种两旁起土为台,台上架屋,而门当其中的屋宇构式,因是诸侯能有大夫不能有的,所以也就成了一种权位的象征。后来,构建堂皇的名门宅第通称台门。绍兴是已有两千多年历史的文化名城,历代名人辈出,台门比比皆是,明清尤盛。近世以来,随时代变迁,民居建筑有了很大的发展,旧时台门多已无存,标志着历史的推陈出新以及文化的新生和发展,但某些历史文化遗存也随之淹没。

鲍家台门,是绍兴前观巷鲍氏的宅第。清乾隆年间,安徽歙县鲍氏一族支迁徙绍兴,光绪中其一分支在前观巷建成包括万卷楼在内的园林宅第,即鲍家台门。《台门往事》一书作者鲍世御是鲍家台门的嫡系后人。作者对近百年来的家庭历史做了深入的调查研究,撰写了这个旧时代以诚信经商,重视读书明理、教育后代的家庭的兴衰和发展,写出了这个家庭跟随时代的脚步,整体走向光明和新生的过程,很有可资借鉴的意义。

翻过历史的一页,旧时代合乎逻辑地成为过去,新的时代也已到来。就一个家庭的整体而言,保留和发扬了固有的优良文化精神,又日新月异地跟上了时代进步的脚步,在中国共产党领导下,成为各条战线上为社会主义事业做出贡献的积极力量,是最可宝贵的。作为家族史的研究,《台门往事》首先提供了一个近代家庭经济发展的实例,也提供了一些关于社会发展与人类进步、教育与人才成长、人才与优生优育等多方面的具体资料,可供参考。再者,读此《台门往事》,可见鲍氏台门家庭不乏各方面的优秀人物,其中包括异姓配偶。这个家庭有很好的家风,崇尚荣誉,修身砺志,团结进步,自强不息。旧时台门固已物去不存,但其优良文化传承犹在延续,而且是在新的时代精神引领下发扬光大,赋予了新的时代意义,成为鼓舞和鞭策后代的巨大力量,这是更加值得珍惜和庆幸的。欣闻世御兄大作出版,谨书所感,以表祝贺。

(2010年)

读《趋庭随笔》有感

　　江康教授的祖父江瀚、父亲江庸是清末以来的著名学者。读江康《浮生琐记》,可知他们对中国传统文化的贡献和影响。从江庸的经历中,可知他在各历史时期中都表现出了正气凛然的民族精神和爱国情怀。2007年以后,江瀚和江庸的著作再次出版,这对传承祖国文化是很有意义的。

　　数年前,我买到一本江庸所著的《趋庭随笔》(山西古籍出版社,1999年)。书中1934年的《自序》云:垂髫以来"无一二年离父母之侧,斯卷涉及经史,多习闻庭训,退而自记,经吾父所涂改者"。江庸年近六十,犹"依父母膝下",以父为师,"凡于旧学有疑而莫释懵而弗知者"皆乞教于父。故此书兼有江氏父子心力,诚亦不负"趋庭"之旨也。此书广涉历代文史掌故异闻趣事,钩深索隐,考证有据,寓哲理,亦诙谐,所亲历者,可见刚正不阿,记述人物轶事严谨翔实,评骘精当,褒贬得宜,文字简洁宜读,实在是一本好书。

从养生之道言之，老年人读书不宜长篇巨制。笔记、小说、随笔之类，日读数则，约千字上下，既细水长流，涉猎文史知识，又悦目怡心，有益健康，这也是我读《趋庭随笔》的一点体会。我国历史文化长河中，尤其宋明以来，这类书籍浩如烟海，堪称一大知识宝库，也是老年人宜读的一大书库。

(2011年3月2日)

《汪悔翁乙丙日记》读后感

旧藏邓之诚辑录三卷本汪士铎日记稿本复印件,曾粗略浏览。此书系记咸丰乙卯、丙辰间太平天国史事,邓之诚甚为推重,题名为《汪悔翁乙丙日记》,精印五百部,得以传世。今偶翻重读,深感去其芜杂、偏激之词,荒诞不经之论,在他的经国治世思想中也存在着一些积极的内容,仍有可取之处。

汪氏作为清朝士子,与清廷重臣曾国藩、胡林翼等人自然都是站在维护清廷统治的立场上,此不足怪。汪士铎一生未为朝做官。胡林翼[字贶生,号润芝,晚清中兴名臣之一。道光十六年(1836)进士。授编修,先后充会试同考官、江南乡试副考官。与曾国藩、左宗棠、李鸿章并称"中兴四大名臣"]本为汪士铎中举时的座师,对汪士铎极为赏识,召为幕客,后又在清廷不得已起用曾国藩节制江浙皖赣四省督兵征讨太平军时,荐入曾国藩幕,作为曾、胡上客,于经国治世、富国强兵之策,所见多与曾、胡契合,为曾国藩出谋划策,如建议进攻金陵计划,应先清后路,立稳脚跟而后进,建议成立水师等，皆为采纳。

对于洪秀全、杨秀清等人发动金田起义，太平军由桂入湘，蔓延至于中原川黔滇甘江淮湖广各地，百姓群起响应，势众达数百万人，横扫十六省，连下六百余城，锐不可当，建太平天国，定都金陵，统治半壁江山达十五年，曾国藩、曾国荃攻克金陵后上书同治皇帝，亦不否认太平军燎原之势，占领南京十二年之久，曾军围攻金陵耗时二年余。

汪士铎认为之所以世乱，人口增加太多、生齿日繁是重要原因，于是提出许多荒诞的治理办法；但实际是自道咸以来，吏治腐败，外敌入侵，朝廷懦弱无能，上靡下贪，造成民困财乏，民不聊生。中国崇儒数千年传统固应遵从，然经国治世、富国强兵，亦须软硬兼施，既不离孔孟仁义之道，亦应崇尚韩申、孙吴、商鞅之法，不废兵刑之举，此几为与曾国藩之共识。汪士铎认为孔子"失之仁柔而讳言兵"，尤不喜孟子，认为孟轲乃战国一辩士，空言多于实际，空言误国，不能为经国治世、富国强兵之用，后之宋儒更藏仲尼之短，变本加厉，并谓"非战阵无以除暴乱，黄帝以来莫能去兵"。其所记述太平天国之能统治半壁江山有十五年，乃因其统治之初即自有制度，且进行了一系列社会改革。所以他主张朝廷就其土地法、礼制、军制等应参合中西，择善而从。

金陵破城之初，汪士铎即盛赞洪、杨军事谋略，痛诋清廷武备久弛，州县情况壅于上闻，因循日甚，将帅无人，虽将军提督均为武弁，亦不知武为何事，文人统兵，不知耕工防御，一味困守，畏葸不前，甚至临战尚在百里之外蒙头而卧，故有太平军先遣部队哂之"妖头"做文章，可惜不能中秀才。据汪士铎日记稿本所述，太平军编制体制分为前中后左右五军，下设师、旅、后勤、军械、装备、粮秣、医药、工程等保障机制，分由"十二典"职掌。尤对金陵破城后，太平军在城内外耕筑防御副防御工事，深沟高垒、重叠周密，深为夸赞。述及太平天国大小首领人物出身，如陈承溶、秦日纲、赖汉英等多为市井之家，太平军源出"天地会",洪秀全本花县农民,读书应小试不售,与冯云山同为天主教徒,对教义并无所知,受儒教影响,以"天父"为上帝,洪秀全以"天子"自命。冯云山幼年学诗,太平天国官制、礼制多出其手。杨秀清、韦昌晖、石达开本不以武名。韦昌晖出身监生,胡以晄是武生,萧朝贵原为巨盗,善战是洪秀全的姐夫,秦日纲、罗大纲、胡春、刘满亦皆为盗。太平天国首领洪秀全、杨秀清、石达开、韦昌晖、罗大纲等人之才,不下当时清廷将帅。其长尤在改四书五经,去鬼神祷祀、无卜签术数,禁烟惰,严刑法,杀无赦。其破金陵用兵不下七八十万之众。至于洪、杨后内讧,石达开脱离天朝控制,虽李秀成、陈玉成陷苏江浙保南京,终至全军崩溃,然曾军攻克金陵,太平军十余万人同日自焚,无一降者,李开芳、林启荣、叶芸来守九江、安庆等地苦撑于前,坚忍不屈,不让古之名将。评谓,太平天国失败,全为天朝自毁长城,洪秀全定都金陵后享乐宫中,生活腐化,久不理政,于曾军围攻期间即自杀而死。其后,宫女数百人于宫中自缢,死于城河者,亦不下两千人。李秀成、洪仁达、李万才等人被俘,有谓李秀成供状出于自述,为可信。

汪士铎认为明君重在英明吏治。皇帝应躬亲统军,富国强兵;改进用人考选制度,注重实际,不拘一格,擢拔人才。在职文武官员应巡行各地,不得一同在署。这些识见,其经国治世之策,为与曾、胡共识,对其所见所闻太平天国史事之采集,认为其可补史阙,亦甚重视。

汪氏认为,周孔贤于尧舜一倍,申韩贤于十倍,韩白贤于百倍,尧舜以德,周孔立言,失之仁柔,故申韩以惩小奸,韩白以定大乱。汪氏痛感清政法之弊,是故,曾国藩认为汪士铎为人耿介,是有血性、有担当之人。

(2016年3月15日)

追思故人

一封家书

卫国：

　　来信收到，收到后因信在路上走的时间太长，所以打电话给女儿问了近况，后来儿子又来电话也谈了。女儿说你活动有时还有咳血，情形究竟怎样？极为念念，你这次生病，我总是不大放心，暂时又还不能去看你，大概你收到我这封信的时候已经进行过复查了，复查的结果望快写信告诉我。望你安心休养，把病彻底医好，并趁这次住院，各方面都检查一下。身体健康第一，不要疏忽。至要。

　　前阵我工作比较忙，这星期开始较前松动些。上星期六，我上了党课，讲题是"全心全意为人民服务问题"。这题目先是我讲的，讲了三部分，即为人民服务是共产党应尽的道德，为人民服务要去实际中检验，为人民服务要终生修养实践。讲了一个小时，反响甚好，但准备这个报告开了两个夜车。

家书原手稿

  这几天冷空气来了,天气骤冷,但天倒比之前舒服,听说气温还会回升,今天已经比昨天暖和。昨天严正来电话问你何时来,我告诉她你现住医院。最近我也可能去梅亭住几天,随时可回来,你可照常来信。小欣、小红电话上说,他们过得尚好,甚慰。切记告诉他们要互相多联系和照顾,比如外出互相都要打一下招呼。小红回学校时也要告诉小欣一下,不要各管各,他们来医院时可再交代一下。再谈。

  祝康复!

光

十月十一日

(1981年)

葛琴：真心实意为民众的女杰

葛琴同志是著名作家，又是革命女杰。今年1月3日，传来她在北京逝世的噩耗，我万分悲痛。

葛琴与我父母亲是老战友。作为晚辈，我亲热地唤她为"葛琴阿姨"。儿时，我常听母亲讲，葛琴是二十世纪二三十年代活跃于大上海，从事地下斗争的年轻女共产党员之一。那时，我母亲在中共中央宣传部工作，葛琴任交通员。每次她送来秘密文件，交代完了工作之后，就在我母亲的房间里，匍匐在地板上装老虎，发出"呜呜"的声音，窜来窜去地逗孩子们玩。尽管"白色恐怖"那么严重，环境那么险恶，生活那么艰难，她总是那么开朗、乐观！

葛琴于1926年加入中国共产党。她参加过1927年上海三次武装起义的街垒战斗，是那疾风骤雨中的斗士；在"四一二"苦迭打（Coupd'Etat，法语，音译苦迭打，意为政变）中，她转入地下斗争，曾是号称"三剑客"之一的党内交通员。她无数次躲过"抄靶子"和流氓、阿飞的追踪、骚扰，不管严寒酷暑，风狂雨暴，像勇敢的、机智的飞掠着的一只海燕,把报警的消息、战斗的号召和胜利的喜悦带给战友和同志。

我的父亲李宇超和母亲刘叔琴,于1929年秋到1932年秋在上海同她有工作联系。葛琴曾回忆说:"1932年夏秋间,我给李宇超同志送过两个月的信,每隔几天去一次。"还说,有一天早晨去送信时,看见在他的住处还有一个人,像是刘少奇同志。我母亲回忆葛琴的情景,正在这个时期。

在"白色恐怖"下,无数的战友和群众,有的牺牲了,有的被监禁,有的在艰难地继续战斗着——葛琴就是这继续战斗中的一员。她在坚持地下斗争,为营救战友和亲人而奔波的同时,拿起了另外一样武器——文学创作之笔。

葛琴不但是一位革命女杰,而且是一位文学才女。早年在苏州、上海读书时,她曾受到侯绍裘、张闻天等同志的教诲,政治上受到了革命的影响,文学上也打下了坚实的基础。她的第一部小说《总退却》于1932年问世,这是以驰名中外的"一·二八"淞沪抗战为题材的作品,塑造了抗日爱国士兵的形象。鲁迅亲自为之作序,称赞小说"将中国的眼睛点出来了"(《总退却·序言》)。葛琴讲述她所以要从事创作,是由于"从生活的深渊中燃起了无限的勇气"(《总退却·后记》)。她不仅以自己的作品为中国的革命文学增添了新的光彩,而且在此后的文学生涯中,积极地参加了党领导下文艺界抗日民族统一战线的进步文化工作。中华人民共和国成立以后,她在繁忙的党政工作中,仍坚持文学创作,培养文学新人。

葛琴走过的战斗道路是光辉的,其经历又是艰难而坎坷的。在旧社会和新社会中,她都承受了亲人生离死别的痛苦,十年"文革"中更受尽折磨。1972年她患脑血栓后,偏瘫失语,但仍顽强地与病魔做斗争。得知"四人帮"粉碎的消息以后,她以乐观、开朗的性格,迎来了一个新的历史时代。

1987年深秋的一天，我曾到北京东城大雅宝胡同拜访她。这是个数家杂居的四合院。走进她的房间，室内简朴整洁。一位跟随她多年的护工把她从床上扶起来，坐在靠近书桌的椅子上，我也随即拉了一把椅子坐在她的对侧，她的儿子邵小鸥把我介绍给她。她用力地拉着我的手，摇动着，紧紧地握着。她微笑着，深沉地端详着我，似乎是在从我的脸上搜寻我父母的印记。

小鸥告诉我，1979年，当她接到党组织为我父亲平反昭雪举行追悼会的通告时，她悲伤地哭了两次。她在由子女代笔写给我母亲的信中说过："宇超和您都是我们的老朋友了，我和孩子们将永远怀念宇超同志。十分想您。"然而，八年以后，我的母亲卧病在上海华东医院，已经不能去看望她的这位饱经风霜的战友了。我的访问，也是代表母亲去的。当时我想：像她这样一位革命老前辈，在偏瘫十多年后还健在，而且一定程度地恢复了行走的能力，真是不容易，我真为她高兴。我衷心地祝福她健康长寿。她仰动着身子，爽朗地笑着，吃力地说出："现——在——好——了！"虽然只有一句话，却充分表达了她对改革开放带来的盛世生活的感激之情。

她是一位刻苦工作、生活简朴的人。这都是过去艰苦环境中养成的习惯，直到晚年她仍保持着。她的女儿邵小琴告诉我，她那间厨房是在一位总务科长离休前的关心下搭起来的。在那以前，她家一直在卫生间里烧饭。对于个人物质生活，她从没什么要求。她曾说过："一个品质优秀的艺术家必须是一个优秀的人，他的一切不是为了自己个人，必须是确确实实真心实意地为了人民大众。"她是一贯这样实践着的，并且严格地要求自己的子女全心全意地为社会主义现代化事业奋发工作。

当我将要告辞时，小鸥为我和她拍了一张合影。在她背后的墙壁上，挂着她的老伴已故著名文艺理论家邵荃麟同志的遗像。遗像前的桌上,陈放着一只古色古香的花瓶,瓶里插着一丛淡雅的鲜花。照相机的闪光灯亮起的时候,她又一次面容舒展地笑了。

在归途的火车上,我还在默想着那只花瓶,也许它就是葛琴家乡的产品,她是江苏宜兴人。美丽的太湖孕育了她,革命的风雨锻炼了她,她是我心目中永远年轻的阿姨,又是一位永远令人敬仰的革命老人。

如今她虽与世长辞,但其典型的革命精神犹在。她革命一生的高尚情操和不朽业绩,将永远鼓舞着我们。我将永远地怀念着她。

(1995年)

杨根思烈士生前题词

这是中国人民志愿军特级英雄杨根思烈士生前的亲笔题词："在党和毛主席领导下共同进步，为人民服务到底。"

1950年9月21日，在济南，中共中央山东分局交际处，山东分局统战部副部长、我的父亲李宇超，参加山东分局和山东军区接待途经济南参加全国战斗英雄代表会议和全国工农兵劳动模范代表会议代表的工作时，他拿出一个红绸封面的大册子，热情地邀请代表们签名题字留念，杨根思就在这个册子上写下了这幅题词。我数了一下，同时签名题词的总共有118人，杨根思是其中之一。

五十年后，在上海，我和妹妹清理父亲的遗物时，从尘埃已久的图书卷册中发现了它。该题词原先为父亲珍藏，当得知杨根思壮烈牺牲时，他十分沉痛地在这幅题字的上端写下了"杨根思烈士牺牲于朝鲜战场"一句话，以表达他对烈士的崇敬、怀念与哀思。父亲去世也已三十多年了，这册页上的题词，成了这位英雄历史的见证。

杨根思，1922年11月6日生于江苏泰兴的一个雇农家庭，因祖父和父母被地主、军阀逼死，而自幼流落苏州、上海等地做苦工。1944年，他参加新四军，次年加入中国共产党。在抗日战争、解放战争中屡立战功。1950年9月25日至30日，他以"华东一级人民英雄"的称号出席全国战斗英雄代表会议。这时，他是中国人民解放军第20军58师172团第3连连长。在抗美援朝战争中，他隶属于中国人民志愿军第9兵团序列。他们于1950年11月7日入朝，在当时尚未更换穿棉军衣，顶风冒雪、忍饥挨饿的恶劣环境下，投入了第二次战役的东线作战，兵团在长金湖碣隅里地区围歼美国侵略军。11月29日，杨根思奉命带领一个排坚守包围圈的制高点小高岭。敌人为夺路逃命，对小高岭发起猛烈攻击，在打退敌人多次进攻后，当敌人第9次反扑时，杨根思射出了最后一发子弹，随即抱起炸药包，拉响导火索，冲入敌阵，与敌人同归于尽，保障了战役的胜利。战后，志愿军领导机关为他追记特等功，授予其"中国人民志愿军特级英雄"称号，并命名他生前所带连队为"杨根思连"。他还荣获了"朝鲜民主主义人民共和国英雄"的称号及金星奖章、一级国旗勋章。朝鲜人民为纪念他，在咸镜南道长津郡1071高地建立了"杨根思英雄纪念碑"。1953年朝鲜停战后，我国在沈阳烈士陵园树立了由邓华将军和杜平将军署名的记述英雄生平的纪念碑，彭德怀元帅为纪念碑题词："中国人民志愿军的优秀儿子，国际主义的伟大战士，志愿军的模范指挥员——杨根思烈士永垂不朽。"烈士的家乡将他的诞生地命名为"根思乡"，并建立了纪念园。

杨根思手记

晓光手书

"在党和毛主席领导下共同进步,为人民服务到底。"这是杨根思的钢铁誓言,一位经历严峻考验的革命战士的人生观、世界观,都凝聚在这朴素的语言之中了。革命人,永远都是同党的先进思想一致的。1950年9月25日,全国战斗英雄代表会议和全国工农兵劳动模范代表会议在北京同时召开,杨根思聆听了毛泽东主席代表中共中央致祝词、朱德总司令《英雄模范的光荣任务》的讲话。毛主席勉励英模代表"不骄傲自满并继续不疲倦地学习",朱总司令要求英模们"更加坚定终身为人民服务的革命意志,永远跟着共产党和毛主席走"。可见,杨根思之前在济南发自内心的题词与党和国家领袖的期望是完全一致的。

杨根思烈士留下来的这幅题词,也许是绝世仅存的。他在这闪闪发光的20个字下面,郑重地写下了他的名字——杨根思。当我双手捧起它时,我仿佛看见了那个大写的人,那位伟大的无产阶级革命战士。他没有写明书写日期,但从其与战友们在同一页上签名题字的日期可知,那是1950年9月21日,而谁想到这时距他在朝鲜战场上牺牲仅两个月零八天。他以鲜血和生命实践了"为人民服务到底"的决心。在强敌逼近、千钧一发之际,他毫不犹豫,坚决果断地做出了临危不惧的选择,创造了惊天动地、可歌可泣的英雄事迹。

五十年过去了,毛主席提出的"中国必须建立强大的国防军,必须建立强大的经济力量,这是两件大事",都有了长足的进步和发展。如今,在邓小平建设有中国特色社会主义理论的指导下,在以江泽民同志为核心的党中央的领导下,我们的社会主义国家繁荣昌盛,蒸蒸日上。英雄的事迹和精神将永垂青史,英雄的名字将被铭记在一代又一代人的心中,永远激励人们前进。

(2000年)

深切悼念葛昭怡同志

　　昭怡同志是我青年时代的亲密战友。虽然在一起工作的时间不长,但因朝夕相处,意气相投,我们在战争年代结下了深厚的友谊。1949年后,随工作变动各奔东西,但常相关注,保持联系。他的去世,使我失去了一位好战友,心情久久难以平静,无限缅怀之情涌上心头。

　　1947年鲁南战役之后,我调到华东军区司令部参谋处作战科工作,昭怡同志已于我一个多月前调来。3月间,在袁仲贤副参谋长签署的任职命令上,我们被任命为"见习参谋"。他分管全军区的实力编制,我分管接收和通报敌情,那年我17岁,昭怡比我大两岁。我们都是1944年参加革命,但我到1947年6月才入党,他的党龄比我早有近两年。当时我们都在战争前线。他从苏中二分区南下江南到了苏浙军区,后又北上山东;我是从山东南下苏北,又回到山东。虽然我们都年轻、单纯,受到领导和老同志的关爱,但他所经受的锻炼比我多,因而比我思想成熟、老练,在党务和行政工作中起骨干作用。

后来，我调任秘书，他改任参谋，除掌管原来业务外，他还经常执行临时派出任务，能独当一面。

昭怡和姜万真都当过作战科的党小组组长。作战科人员有原山东八路军南下的，有新四军北上的，有从东江纵队调来的，所以小组长的责任很大，十分重视小组成员之间的互相交流、互相学习和加强团结的工作。张云逸副军长、袁仲贤和周骏鸣副参谋长、来光祖处长，都同我们在党小组生活。他们都严格要求自己，经常提醒小组长要通知他们参加党小组会议。昭怡也从不马虎，每次小组议会都及时通知到每个人，因此经常得到首长们的夸奖。

昭怡为人热情、诚恳、朴实，不仅生活自理能力强，而且乐意为别人服务，所以大家都选他当"行政生活班长"。每逢发军衣等供给物品，领夜餐费、津贴费等，通常都是他带通讯员去办，勤勤恳恳，从无怨言。那时生活比较艰苦，换洗衣服很少，大家夏天在沂河洗澡，就顺便洗了衣服，晒干再穿。偶有零钱，大家就会凑起来买花生一起吃。山东渤海地区有一种粘了少许饴糖的小油条，我俩偶尔当作美味去解馋。解放战争和中华人民共和国成立初期，我们都身无长物，同志间只有互赠照片以示友情。

昭怡在华东军区司令部从作战部门到军务部门，一直从事实力编制业务，成了这方面的专家。他的实力统计和创造性的图表制作受到领导的好评。1950年，他代表华东军区出席全军统计工作会议，亲聆朱总司令的指示和总部作战部长李涛等首长的讲话，归来时，同志们都为他高兴。

大约在1954年的一个星期天，我邀请昭怡来住处相聚。那时他新婚不久，偕同在空军幼儿园工作的妻子倪罗兰双双而来。我们从上午谈到日落，兴犹未尽。从这以后我们就失去了联系，后来才知道他已调往徽州军分区工作了。

从那以后直到二十世纪六七十年代,我们才重新取得联系,之后经常通过他在华东水利学院工作的弟弟葛昭培互通情况。当时南京副食品供应紧张,昭怡时常从安徽给我捎来鸡蛋,使我十分感动。他在马鞍山任安徽生产建设兵团工业十六团团长期间,我曾去看过他。那时罗兰同志和他们的儿女都还在徽州,只有他一人住在那里。我们同榻而寝,彻夜长谈,都盼望早日迎来一个团结、安定的时代。

昭怡转业地方,全家定居马鞍山以后,曾负责该市的体育和民政等工作,其业绩和作为得到了群众的称誉。他在半个多世纪的革命生涯中,从大军区、野战军到军分区、人武部和建设兵团,从部队到地方,做过多方面的工作,为革命做出了很大的贡献。当离休后,我去看他时,他已身患癌症并动了大手术,但病情稳定,气色、精神都很好,我感到很欣慰。

老战友在南京相聚。右为李晓光,中为苏建中,左为葛昭怡

昭怡在病中还回忆并记录了抗战后期流行于苏中地区的《粟裕将军之歌》,寄托了新四军老战士对粟裕将军的深厚感情。他把这首歌寄给了粟裕的夫人楚青同志,后与楚青同志的回信一并在广州新

四军研究会会刊上发表,后来幸得抢救及时,才保存了这一珍贵的革命史料。这期间他不顾病痛,还撰写了《纪念陈毅元帅百年诞辰》的文章,我深为他的革命乐观主义精神所感动。

2004年是昭怡、罗兰的金婚之庆,当时我曾以俚句为贺。想不到数月之后,昭怡病情逆转,终至医药无效,撒手人寰。我深为失去一位好兄长、好战友而惋惜和悲痛,谨以此文表示我最深切的悼念。

(2005年2月)

纪念共产主义先驱王尽美

——我父母的革命引路人

有一个伟大而光辉的名字——王尽美,是我在二十世纪三十年代尚处童年时就知道的。在我幼稚的记忆里,关于他知之甚少,只知他是共产党——"为穷人打抱不平的",我的父母受他影响,也先后加入了共产党。他很年轻就为革命而牺牲,这是我从伯父言谈中留下的印象。

王尽美原名瑞俊,字拙斋,后改名尽美,字灼斋,是我伯母的同宗兄弟,伯父李揆三在济南读书时同王尽美过从甚密。父亲李宇超1921年到济南正谊中学求学时,与之相识。1924年夏,王尽美秘密介绍父亲加入社会主义青年团,同时通过国民党党员于佩文介绍加入国民党。

从1919年五四运动到1924年,王尽美经历了发起励新学会,成立山东马克思学说研究会,从组织进步文化团体发展到建立山东共产主义小组,参加建立中国共产党的活动,出席中国共产党第一次、第二次代表大会及共产国际远东各国共产党和民族革命团体代表大会,领导济南、京奉铁路、山海关、秦皇岛、开滦等地工人罢工,在中共与国民党建立革命统一战线前提下,以个人身份加入国民党,出席国民党第一次全国代表大会,会见孙中山,推进促成国民会议运动,全面负责中共山东地委工作。

王尽美身材修长,文质彬彬,谈吐从容,在群众集会上演讲,对帝国主义和反动军阀的批判通俗深刻,也有激昂慷慨、怒目金刚的时候,很能打动听众。他比我父亲大8岁,父亲视他为兄长,对他作为老练、成熟的青年职业革命家,不畏艰险、全心全意为革命忘我工作的精神十分钦佩和崇敬。

1924年夏天开始,父亲与王尽美接触渐多。在王尽美影响下,父亲接受五四爱国运动新思潮,阅读了许多宣传马克思主义及介绍俄国"十月革命"的书刊,如《共产主义ABC》《社会进化史》《社会主义概论》《响导》及《中国青年》等,认识到中国要想改变贫穷落后的状况,必须反对帝国主义侵略和封建军阀统治,进行社会主义革命,最终实现共产主义。在初步理性认识的基础上,王尽美曾帮助父亲一起分析过中国封建土地制度的阶级关系、剥削状况和实质,以山东许多地方的农村现实为例证,使父亲得到了明确的认识。父亲是地主家庭出身,后来他说过,在他参加革命之初,就是因此与地主阶级划清了界线。

父亲加入社会主义青年团后,任济南正谊中学团支部书记,团地委候补委员,主要做国民党的工作,推动国民会议运动,在群众运动中贯彻共产党的方针政策,发展进步力量,扩大共产党的影响。当时党中央指出:国民运动是党的全部工作,工人、农民、妇女、学生的运动,在政治意义上都是国民运动。在一次国民党的会议上,父亲对国民党中有些人说"共产党的宣传超过了国民党"表示不满,起而反驳,王尽美因此批评父亲"政治上幼稚,做法上冲动",他帮助父亲提高了在统一战线中应讲究策略的认识。

1923年,母亲在济南山东省立女子师范学校读书,在路过济南捍石桥时,遇见有人正在演讲,就被其吸引了,很想认识这位演讲人。1924年12月,在王辩(黄秀珍)、侯玉兰(侯志)介绍她加入共产党的会议上,她又遇见了那位演讲人,就是王尽美。会是在济南窑窝街一间破旧平房里开的,母亲在这里填了入党志愿书,被接收为中共党员,党组织决定让她做团工作。当时,山东国民党支部在济南女师附近的育才小学,王尽美常去指导国共两党的工作,母亲被指定就近兼做国民党工作,并联系鲁丰纱厂女工,进行工人运动。

在1924年到1925年的一年多里,我的父母都是在王尽美领导下工作的,时间不长,但这是他们一生中的重要时期。王尽美是他们走上共产主义理想之路的启蒙者、引路人。父亲和母亲一生都敬重王尽美,惋惜他英年早逝,直到晚年仍然对他怀着深深的景仰和思念。1961年,王尽美已经逝世35年,父亲仍颜其居室为"尊拙斋",请著名篆刻家钱君志先生治印珍藏,以寄托无尽思念的情怀。

1951年和1952年,董必武和毛主席到济南时,都曾向父亲问起王尽美的遗属情况,父亲向董老和主席报告了王尽美母亲的生活情况,因王尽美的妻子早逝,他的两个儿子乃征、乃恩皆由祖母抚养长大,都继承父志,参加革命成为中共党员。在毛主席和董老的关怀下,山东分局指示父亲接王尽美之母到济南由公家赡养,王老太太到济南后,与我父母在一个院内居住,母亲经常抽空陪她聊天、回忆往事,并陪她看望王尽美的生前战友鲁佛民、鲁伯峻父子的遗属鲁老太太和余修同志,同他们叙旧,缅怀已逝的先烈。母亲还叫我年幼的妹妹、弟弟到老人房间绕膝玩耍,使老人不感寂寞。王老太太在党的关怀下,在济南平安、幸福地度过了人生的最后岁月。

王尽美享年只有27岁,2008年6月14日,是王尽美诞辰110周年纪念日。他的生命虽是短暂的,但他的思想光辉却是永恒的;他毕生所奋斗的事业是伟大的,他是中国共产党的先驱之一。中国共产党的先驱们,最先在中国大地开始了马克思主义的革命实践,领导革命,带领人民历经艰苦斗争,前赴后继,最终取得了新民主主义革命的胜利。之后,共产党人继续探索社会主义道路,将科学社会主义与中国实际相结合,高举中国特色社会主义的伟大旗帜继续前进。

　　通过纪念中国共产主义运动先驱王尽美诞辰110周年,我们认识到,一定要全面深入贯彻党的精神和优良作风,努力实践党的责任和伟大使命。

（2008年6月）

[附]

尊拙斋

　　王尽美同志,原名瑞俊,字拙斋,甲子介余入党,于丙寅病逝青岛,今三十五年矣,为志永念爰以其字颜余之居,辛丑之春记于海上。

　　右录先君居室名印印文及跋文。余母刘叔琴早年亦曾在王尽美同志领导下工作,现因卧病不能赋诗题词,乃由余录此奉献王尽美烈士纪念馆留存纪念。按王尽美同志系于一九二五年八月十九日病逝,是年应为乙丑丙寅,乃为误记。并此附注一九八八年六月三日李晓光谨书时在南京。

勤思好学

——忆 1962 年与张云逸同志的一次谈话

应邀参加盱眙县纪念张云逸同志"克服浪费，厉行节约"讲话 70 周年情景报告会归来，黄花塘新四军纪念馆卞龙馆长嘱托我给他们搜集一些有关新四军和张云逸大将的文字史料，我翻箱底找到了 1962 年根据张老一次谈话我做的记录稿。那是我去北京总参三部开会，邀尹耕莘局长同去看望张老，张老同我们谈话时，我随手记录下来的。现在看来，也还有教育意义。抄录如下：

你们工作要学习。学毛泽东著作，学马列主义、毛泽东思想，学点外文。学英文，或者学俄文。你们工作也要懂英文，学到能自己看书的程度就可以了。将来不懂外国文很吃亏，至少要懂一国的外文。你们学理论、学外国文都有条件，每天要坚持两个钟头。你们现在工作需要，就是将来改行做别的工作也有用处。一方面钻研业务，一方面要学理论，理论是个基础，当然脱离实际也不好。我看有些同志不重视学习，我们中国同志不好好学习毛主席的著作很危险，不懂得这

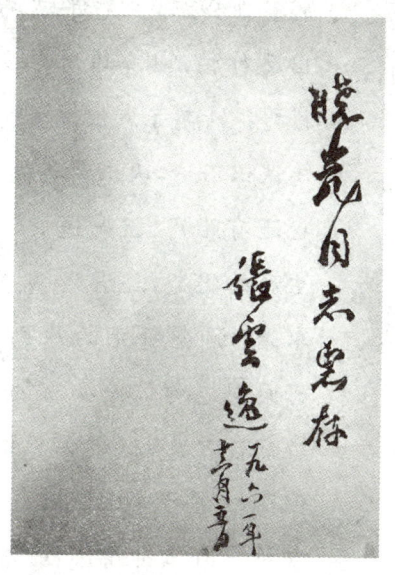

张云逸赠晓光照片

是责任,是个责任心的问题哩!苏联是社会主义的故乡,现在"修正主义"就出在这里。我们不学好毛主席的著作,没有一批真正掌握马列主义、毛泽东思想武器的人,毛泽东思想的故乡,自己不掌握,人家掌握了,说不过去啰。

主席的思想伟大正确,就是马列主义与中国革命实践相结合,特别是主席发明了区别人民内部矛盾和敌我矛盾。斯大林后期犯错误,就是不懂两类矛盾,错杀了一些人。我们内战的时候也有这个问题,后来就纠正了。这几年工作中的缺点,你们要接受教训。毛泽东思想可以万岁,但毛主席本人是不能万岁的,主席已经68岁了,刘少奇和总理也都64岁了,以后要青年人当家,管国家大事。中国一个省比人家一个国家还大,当好家不简单,所以要学习,一定要掌握毛泽东思想。你们单位那么多人,至少要培养100个真正懂得马列主义、毛泽东思想的人,没有那么多,培养出50个精通的也好。中国革命从毛主席领导以来,党中央的政策方针总的都是正确的,没有问题

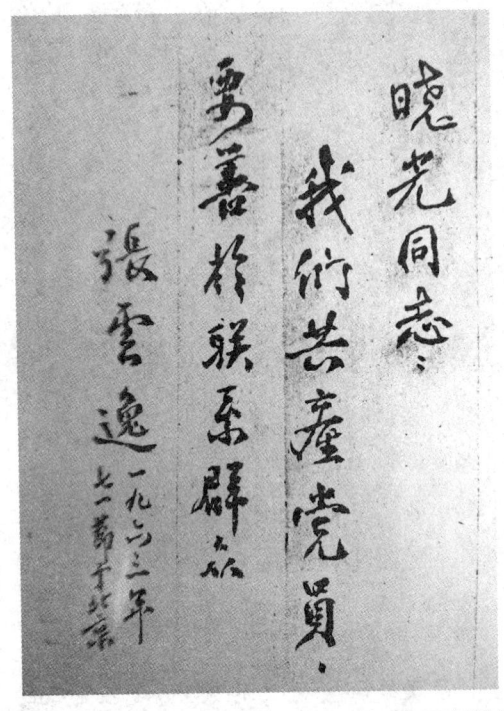

张云逸同志赠言

的。办公社,主席早就指出反对共产风,郑州会议讲得很清楚了。但许多同志认识不清,认识到实践,也还有距离,就是违背了主席的思想,违背了实事求是、调查研究的原则。舒同同志你们是知道的,我都告诉过他。我写信给他说,有些干部向我反映,农村中有三种情况:一种是有粮食瞒产的;一种是无粮但有钱买的;还有一种是又无粮食又没钱买受饿的。我说我没做调查研究,要他去调查研究。生产了多少斤,报了多少斤;没生产那么多,报那么多,浮夸了,也是吃不实事求是的亏,天灾人祸,人民就吃苦头了。山东老百姓吃了苦头了,甘肃、河南搞得也不好,安徽也有些问题,广西死了些人,各省都有程度不同的问题,你们要接受这些教训。(面向尹)以后你做了省委书记,就要接受这个教训。我们有些同志热情是好的,但不实事求是就出乱子。革命论要不断与革命阶段论相结合,两条腿走路,就是讲结合。马列主义与中国实践相结合,革命精神与科学分析相结合,领导与群众相结合,一般与个别相结合,主席的思想重视这个结合。有些同志也知道这些道理,但运用起来就又忘记了。用得不熟练,还是不成熟。过去黎玉同志在山东不是讲做工作"单打一"吗?也就是不懂得结合。不懂结合就出偏向,掌握不住就偏到这边或偏到那边。所以现在中央定了"12条""60条",办训练班,教育干部。(尹说:中央会议精神已组织学习,但还不深。)你们主要是学,要大家知道有这么回事,知道接受教训就行了,不要像地方干部、县委书记、地委书记那么逐条讨论,不要做检查。搞运动也是一样,运动来了,要结合单位的具体情况分析,实事求是,经得住一阵风,不能一样对待。

你们都还有三十年、四十年的工作时间,要注意学习,这是一个责任问题。(面向尹)我看到你很高兴,所以我给你提这个意见。好吧,我到南京后再去看你们。

(2014年2月)

注:

1. 尹耕莘,时任总参三部五局局长。

2. "12条",指1960年11月3日中共中央发出的《关于农村人民公社当前政策问题的紧急指示信》。这封指示信共12条。1961年1月,中共中央要求农村以贯彻"12条"紧急指示为纲整风整社。

3. "60条",指1961年3月中共中央在广东召开工作会议制定的《农村人民公社条例案(草案)》,简称"农业60条"。

黄花年年为谁开

——纪念张云逸同志"克服浪费,厉行节约"讲话70周年情景报告会

主持人:张云逸大将是一个什么样的人?

李晓光(以下简称"李"):我首先说一下,我是1947年担任张老秘书的,工作将近一年,后来他亲自与我谈话,把我调到调研室,并教导我全心全意为人民服务,安心做好党的机要情报工作。他的教导决定了我一生的事业,我一辈子基本上就是做的这件事。1949年后,我每次到北京都去看望他,常能听到他联系当时时事形势的许多教导。不管在他身边工作时,还是后来见面,都无时不受到他高尚人格力量的感召。

讲张老是一个什么样的人,我最直接的感觉,他是一个十分平易近人的革命长者,一个和蔼、慈祥,使人感觉亲切的革命老人。他没有架子,平等待人,爱护部属像爱护自己的儿女一样,尊重每一位普通同志。那时,他55岁,但大家都按虚岁说他57岁,我只

17周岁,他都是称我"李光同志"(那时我叫李光)。他很关心身边工作人员的思想、工作和生活。有一次,我在行军路上生病了,发高烧,他同舒同赶来看望,亲自用热水给我泡手和脚,使我非常感动。在政治思想方面,凡有领导人做形势报告之类,他不管其规定什么级别参加,都"赶"我们去听,所以那时我们听过陈毅、张鼎丞、邓子恢关于战争形势、中央方针政策、土改斗争等的诸多讲话。他还指示我们参加农村群众土改斗争活动,喝喝苦水,提高阶级觉悟,支持土改斗争。在工作上,常教育我们要当好参谋,锻炼战略眼光,起草军事情报文电多用军语,准确表达,我起草的电稿,他都亲自修改批发。

他又是一个生活简朴的人,在我印象中,他衣食住行都很简朴、很普通。穿的是平布军衣,普通布鞋,汗衫破了他不准再领新的;住在像普通老百姓一样的草房里,床的木框架是用高粱秆结扎的。在山东渤海执行"三大方案"时,伙食标准降到了"大灶水平",他的艰苦朴素也仍是一贯的。据说抗战时期他就常穿布条草鞋,虽军衣整洁,但也有打补丁的,中华人民共和国成立初期还住过没有卫生间的房子。1949年后,他不让机关管理部门给他装修房子,直到漏雨才允许做小的修补。在执行"三大方案"中,华东局后方精简军马5 000多匹,其中就包括张老自己的坐骑。1947年3月,华东成立特种纵队时,编制有骑兵团和好几个炮兵团,张老带头交出自己的坐骑给了特纵,自己只留下一个驮骡拉行李,不再有专用坐骑。这都是那时我们知道的,陈锐霆司令员生前还又曾对我说起过这件事。

张云逸一贯以普通一兵、普通党员的身份要求自己。他与我们都在参谋处作战科党小组过组织生活,并且总是亲自缴党费,要求党小组组长按时通知他参加小组会议。陈毅在欢迎张云逸到军部专任副军长时,曾说张老是模范党员、模范军人。此言不虚。邓子恢说毛主席多次表扬张老是模范共产党员,说他是当之无愧的无产阶级革命家、军事家,我看也是政治家。他参加了中国革命战争的全过程——从民主主义革命到社会主义革命,从民主主义革命者转变为共产主义革命者,早年就放弃了旧社会的高阶官位和物质待遇成为坚定的共产党员,决心为人民谋利益,终身不渝。他建军、治军,建政、主政都有重大贡献。刘少奇说,他的党德好,党中央充分信任他;陈毅还说过他有大海容人之量,高山仰止之德,称他为"长兄"。1992年,为纪念张云逸诞辰100周年,起草张爱萍、张劲夫、莫文骅署名文章时,我建议用"民族精英,党人楷模"作标题,张劲夫说这词中性一些,改成了"中华民族精英,共产党人楷模"。我认为,张老就是这样的人。也可以说,他是全心全意为人民服务的伟大完人。

主持人:谈谈张老与盱眙乡亲的鱼水深情。

李:我首先要说明的是,抗战时期我没到过盱眙,但多少知道他在盱眙的一些情况。

张云逸在抗战时期,从1940年到1945年,在任新四军江北指挥部指挥、新四军副军长兼二师师长、新四军代军长期间,几乎走遍了盱眙大地的所有村镇,尤其在曾是二师师部和军部驻地的黄花塘住的时间最长。在大刘郢、新铺、旧铺、顾家圩子、双庙、张洪营、岗村、赵庄、千棵柳、大王庄等地都留下了他的足迹。盱眙这片土地和这里的人民,同张云逸同志有着深厚的感情,保持着深刻的历史记忆。张云逸同志在这片热土上开辟和发展了皖东、淮南抗日根据地,创下了新四军抗日大反攻的光辉业绩。盱眙这片热土上有新四军和张云逸丰厚的革命历史资源,我期待会有更深入的发掘和传承。感谢盱眙县委组织了这次很有创意的活动。

主持人：重温张老七十年前"克服浪费，厉行节约"的讲话，对当前开展群众路线教育实践活动有什么意义？张老对革命事业矢志不渝的高风亮节，给了我们什么启示？

李：首先，我要说一说，张老重视节约和反对浪费，是他为人、治家、治军、治国的一贯理念，在他一生的建设、主政中贯彻始终。他认为革命军队不仅要打好军事仗，还要打好政治仗、经济仗，提倡节约，反对浪费，是打好经济仗的重要内容。红军长征到陕北后，他担任过中央军委编制委员会代主席，领导军委机关精简缩编，开展节约运动，达到了减少冗员，提高工作效率，改善机关、部队生活，降低预算、节约公费的目的。张老1944年3月1日在盱眙的这次讲话，提出以整风精神检讨贪污浪费的问题，是密切联系群众，深入实际调查研究的结果。他讲话朴素、实在，具体而微地从二师各单位的用钱、用粮、用布主要指标做比较，比出了节约与浪费的差距，树立了节约的榜样，批评了浪费现象。他这样扎实的工作，不带半点官僚主义、形式主义。他指出当好革命军队的管家，要保证部队有饭吃、有衣穿、有医药治伤病、有子弹打仗，一切都是为减轻人民的负担，争取战争的胜利。一粒米、一寸布、一文钱都是工农用血汗换来的，所以一定要管好、用好，贪污是犯罪，浪费也是极严重的事。他要求全体同志大公无私、克勤克俭，不贪污、不浪费，以身作则、做模范。可见，张老七十年前的讲话与现在我们党中央的群众路线教育，反对"四风"的精神是一致的，因而纪念这次讲话是有重大历史意义和现实意义的。

张云逸是一个有坚定共产主义理想，不谋私利，矢志终生为人民大众谋利益的人，他的世界观与人生价值实践完全一致。1947年，他在山东渤海担任华东局后方工委书记时，提出精简整编、调整供给标准、清理资财"三大方案"，倾注全力组织领导，以身作则，执行制度规定。那时他已有轻微头晕和颤抖的症状，但仍深入各单位调查研究,督促检查,找领导干部谈话,打通思想,鼓励他们做好后方工作。他还亲自参与起草和审定有关文件,主持召开后方工委扩大会,做了"反对山头主义、本位主义、贪污浪费"的报告,着重批判了不顾阶级利益,不顾人民群众利益,只顾本单位利益和个人享乐的不良思想作风和不遵守制度、虚报冒领、随便开支、贪污浪费等恶劣现象。而且指出因"本位主义",公家资财不能及时搬运转移而遗留给了敌人,令人痛心;领导上的官僚主义,助长了个人主义自由主义滋生;等等。

下面,我把华东局后方工委在渤海领导贯彻"三大方案"始末简要情况说一下。

1947年是华东战场不断取得作战胜利的日子,连续打了宿北、鲁南、莱芜、孟良崮等胜仗,开始配合刘邓外线出击,但也是山东根据地十分艰苦困难的时候。蒋介石重点进攻山东,山东的五个战略区,鲁南几乎全被敌人占领;鲁中大部被占,有汤恩伯、王敬久、欧震三个兵团,从鲁西南一直压进了鲁中腹地;滨海、胶东也被敌占了一部分;山东首府临沂失陷,胶济路和津浦路山东全线也被打通。而且蒋介石又组织了一个范汉杰兵团,有8个整编师兵力,企图在海空军配合下,封锁住海口,把我军压缩消灭在胶东半岛。

那时,虽然冀豫、晋察在中央统一领导、协调下和山东各根据地后方都尽力支援华东前线作战,但山东只有渤海一块根据地是完整的,华东就主要靠渤海支前了。华野七月分兵,分为西线兵团(外线兵团)和东线兵团(内线兵团)后,华东局(和华东军区临时组织的精干机关班子)留胶东节制东兵团。在渤海,成立华东局后方工委,张云逸任书记,负责整顿后方,支援和保障西线兵团作战,领导渤海区的生产及土改工作。

华东局后方工委面临的困难很大。历年从华中、苏浙皖、鲁南、鲁中等各地撤退到渤海的政府机关、留守处、办事处、学校、工厂、仓库、医院人员及荣军、常备民工、难民群众、俘虏官兵等,加上渤海的地方武装,共40多万人。这些人都要在渤海吃饭。渤海自身包袱很大,还要支援保障西线兵团,已到民财力竭之境。渤海财政困难,以至到了北海银行印钞纸都告罄的地步。为减轻人民负担和支持战争,工委决定,结合"三查三整",即查阶级、查工作、查斗志,整顿组织、整顿制度、整顿作风,开展反对山头主义、本位主义、官僚主义的斗争,批判贪污浪费,实施精简整编、调整供给标准、清理资财"三大方案",全力开展精简节约运动。为此,后方工委成立了由周骏鸣(副参谋长)、张凯(政治部副主任)、来光祖(参谋处长)、李人俊(华东局财办主任)、李林(华东局组织部长)等人为成员的"整理委员会",并组织工作组督促检查各单位的落实情况。整个运动以自下而上批评、自我批评教育为主,对一些如虚报冒领、造假账、贪污烈士丧葬费、侵吞俘虏财物等严重问题给了纪律处分。军区后方还专门成立了以来光祖兼任处长的军法处,以惩办严重的违纪和犯罪分子。

经过将近半年时间,到1947年底,华东后方共精简人员13万,使1万多人重上前线。清理资财折价140多亿元(北海币),减少了吃公粮人员17万,整顿了"小金库""小仓库",统一规定降低生活标准,比原先减少了50%—80%的公费开支,不仅缓解了渤海的财政危机,减轻了人民负担,而且促进了生产、土改工作,改善了军内外关系。

实行"三查三整",贯彻执行"三大方案",把整党、整军、整财结合起来,这是张云逸同志的一大创造,是他在邓子恢和舒同协助下工作的创举。他们开创了全党开展新式整军运动的先声,毛主席给予了高度评价,后来以华东工委在渤海整党、整军、整财的经验为例推广到全党,形成了全党性的新式整军运动。

上述事实再次印证张云逸艰苦朴素、勤俭节约的作风是一贯的,他在领导中央军委机关精简缩编、在渤海执行"三大方案"、在新四军二师供给会议的讲话,精神是一致的。我觉得,对我们有以下几点启示。

第一,作为老一辈无产阶级革命家,张云逸紧密联系群众,反对浪费,厉行节约,发扬党的优良作风,树立了榜样,对今天反"四风"运动和进行群众路线教育,有现实的借鉴意义。

第二,有坚定的共产主义理想,全心全意为人民服务,不图私利,矢志为人民大众谋利益的人是决不会贪污腐败的,所以人生价值为谁的问题是个人情操的根本问题。张云逸的理想和实践,为共产党员、革命干部树立了光辉的典范。

第三,反贪污浪费、厉行节约是毛泽东思想中的重要组成部分,是独立自主、自力更生的重要内容,也是从严治党、从严治军的应有之义。过去这些都是革命的传家宝,今后为实现中国特色社会主义,实现中华民族伟大复兴的中国梦仍应须臾不离。

第四,反贪污浪费、厉行节约,必须加强党的领导,强调统一集中,反对各行其是,要严格按照党中央的部署坚决执行和贯彻落实。

(2014 年 3 月)

怀念父亲李宇超

2006年4月14日是父亲李宇超百岁诞辰。

父亲18岁投身革命,1968年1月11日去世,终年62岁。

一

父亲李宇超,山东诸城人,地主家庭出身,在诸城高等小学毕业后,1921年入济南正谊中学,受五四运动影响,1923年起接触进步书刊,开始革命活动,被推选为正谊中学学生会会长。

1924年夏,在中国共产党创始人之一、济南地委负责人王尽美领导下,于佩文介绍我父亲参加国民党,并由王尽美介绍秘密加入社会主义青年团,任济南团地委第一支部(正谊中学支部)书记,参加帮助国民党发展山东组织的工作,并任国民党正谊中学的一个区分部书记。团三大社青团改称共青团后,他任团地委候补委员。在反帝、反军阀斗争中,坚决贯彻共产党的主张,团结发展进步力量。这时期王尽美和1925年初来山东任中央特派员的尹宽对我父亲的思想帮助最大。

全家合照　左后排李晓光，中间是李宇超

1925年初，父亲从正谊中学毕业，他在共产党安排下到上海大学社会科学系学习，并任国民党上海执行部宣传委员会委员，接受该委员会主席恽代英领导。五卅运动中，他是反英、反日游行的积极分子，曾因与英国巡捕搏斗劫救被捕同志而遭逮捕。被释放后，他受组织委派，同康生、孟超、于达赴山东宣传和组织声援五卅运动。

二

1925年10月，父亲参加中共中央第一次军事训练班学习，由贺昌介绍转为中共党员。结业后，根据中共中央军事部负责人王一飞、颜昌颐的指示，任中共山东军事特派员，做兵运工作。1926年夏，调回上海，任浦东军事工作员兼商务印书馆工会工作。

父亲1926年与母亲在上海结婚，母亲牛淑琴（后改名刘叔琴）是山东桓台人，1905年10月出生，1924年入党，1925年任济南女师第一任党支部书记，1926年因声援北京"三一八"惨案被学校开除，转入上海大学社会科学系学习。

1927年2月，父亲调江浙区党委参加组建沪中部委（书记康生）并任部委委员、宣传部长。他和母亲都参加了上海三次工人武装起义。"四一二"后,父母亲更坚定了革命意志,放弃了去苏联学习的机会,留在国内继续斗争。1927年冬,他们一起调到中央秘书厅文书科工作,同战友们一起为党中央印制秘密文件、宣传材料和党内刊物。中央政治局常委周恩来、政治局委员彭湃同他们在一个党小组过组织生活。

父亲和母亲在上海时的合照

1929年春,父亲调到中央训练班学习。6月,母亲担任中共六届二中全会的掩护工作。会后,他们一起调到全国总工会党团,父亲任宣传部文书,母亲在秘书处工作。这年冬,父亲调中央军委训练班任书记,母亲调训练班掩护机关。刘伯承、李硕勋都曾来讲课。

1930年夏,李立三主持成立了中央总行动委员会,父亲奉派参加总行委机关工作。三中全会以后,同母亲一起调到中央特科工作。

在中央特科,父亲曾在负责情报的二科和负责行动的三科工作。郝在今著《中国秘密战》一书说陈赓、李克农、钱壮飞、胡底、潘汉年、陈养山、欧阳新、刘鼎和李宇超都是"中共的情报奇才"。父亲参加过在周恩来领导下采取果断措施保卫党中央机关安全的行动;曾接收处理许多重要情报,看过何孟雄被捕就义前宁死不屈驳斥敌人的"供词"记录;1931年4月,顾顺章在汉口被捕叛变,打入国民党的钱壮飞立即逃离南京向中央报告,父母亲担任了掩护钱壮飞保证其在上海安全的任务。

三

1931年6月,父母亲调中央组织部招待处做联络工作,两个月后,临时中央政治局在上海成立。不久,父母亲调内部交通科工作,父亲任内交科主任。1932年9月至1933年3月,父亲任中央宣传部秘书,与母亲一起掩护中央宣传部机关。宣传部负责人张闻天、杨尚昆等常来这里。

1933年,临时中央迁往中央根据地后,在上海成立了由李竹声为书记的上海中央局,代表中央领导白区工作并负责与共产国际的联系。1934年6月,上海中央局遭敌破坏,这时上海地下党的处境已非常艰难,党的机关不断转移。在此前后,父亲受命辅助从"左联"调来的廖沫沙建立上海中央局同江苏省委间的警报站。但数月后目标暴露,廖沫沙等人被捕。

1934年底,陕南特委军委负责人汪锋去上海治伤,父亲根据中央局决定向汪锋传达任务:一、恢复杨虎城所属陕西省警卫团张汉民(共产党员)部党组织与上海中央局的联系,上海中

父亲参与上海革命活动时期留影

央局决定该部要待有更大作用时起义;二、恢复红二十五军与上海中央局的联系;三、将共产国际对中国革命的意见转告红二十五军,肃反时对地主、富农不要消灭肉体,对富农不要扫地出门,要给生活出路;四、还要找一下红二十六军。汪锋于1935年3月间回到西安,张汉民部后被红二十五军误会打散,张汉民被杀。

1934年10月至1935年3—4月间,上海中央局遭受了第三次严重破坏。父亲接到敌人要动手的消息后,数次递送紧急警报,此次中央局多处机关被破坏,中央局书记黄文杰等被捕,父亲是少数脱险者之一。

四

1935年5月初,党组织决定父亲同刘秉琳经西安去川陕苏区,因西安接头处发生问题,父亲返回上海后失掉组织关系,从此开始了寻找党的艰难岁月。

9月,父亲想通过文艺界同党联系,先找不相识的《涛声》编者曹聚仁转交一封信给鲁迅先生,信中暗示想找党的同志,若能帮助,请寄一本月刊,否则寄一本半月刊。十天后,他收到一本《论语》半月刊,封袋字是鲁迅亲笔。为了找党,父母亲宁过艰难生活,不谋任何职业。一年过去了,父亲痛感远离斗争,"这不是生活"。于是再次请周建人转信给鲁迅。发信后九天,即有上海党派人与他联系。党组织曾派人与父亲取得联系说要他到苏区,不久又说不再找他联系了,于是组织关系又告中断。

1937年8月,父亲通过《救国日报》与潘汉年取得联系,最后通过潘汉年写了给中央组织部副部长李富春的介绍信,于是他只身奔赴延安。

五

1937年10月中旬，父亲到达西安，请八路军办事处熊天荆转交潘汉年给李富春的信，并给洛甫（张闻天）发了电报，洛甫复电同意他去延安，但数日后又通知在西安解决问题后再去。这期间他被国民党宪兵以"汉奸嫌疑"罪名逮捕，经八路军办事处证明被释。之后经一再争取，终于在11月上旬到达延安。但过了不久，他被陕甘宁边区政府保安处软禁，要他写"交代材料"，从此开始了一年的监禁生活。直到1938年11月6日六届六中全会结束时才宣布解除监禁，释放后一面工作，一面继续被审查。这样直到1942年2月7日，中央做了结论（组织部长陈云签署），证明他与上海党的破坏无关，在政治上没有任何问题，失掉组织关系期间，仍坚持为党工作，决定团龄、党龄合并按党龄计算，恢复1924年以来的党籍。在长达五年的被监禁、审查中，他虽受了委屈，但从无怨尤。

父亲1941年冬调到延安时期的中央研究院政治研究室，1942年7月以后调边区政府交际处时恢复党员身份。1943年春，父亲调行政学院参加审干工作，任高级研究班主任。在职期间，他坚持实事求是，认真贯彻党的政策，很少出现过问题和纰漏，行政学院的许多学员因此提出"要求组织派李宇超当院长"。但后来行政学院与延安大学合并，周恩来点名要父亲参加招待中西记者团工作，他被再次调任交际处秘书，进行统战工作并配合隐蔽战线的斗争。

六

1944年冬，父亲抱定"有生之年，皆为报党之时，鞠躬尽瘁，死而后已"的决心，随王树声、戴季英纵队南下河南。当时我在安塞保育小学的弟弟北婴因患麻疹转肺炎病逝,但并未动摇父亲出征的决心。王戴部队进入河南后,因先期到达的皮定均、徐子荣支队已在豫西打开局面,需要干部,父亲被留在豫西任地委委员、宣传部长,并参加了豫西干校的授课教育和主持《豫西日报》等工作。《豫西日报》是河南解放区最早的八开油印和石印小报,比《河南日报》前身1948年创刊的《豫西日报》早三年。

1945年8月,日寇投降。中共决定撤出豫西,地委及各县地方干部、干校学员编为河南军区豫西分区教导团(父亲任教育长)。10月,部队遭保安团袭击,父亲胸部受伤,子弹从前胸射入,经肺脏从后背穿出,所幸较快痊愈。休养期间,他先后挂职豫南区党委宣传部长、中原军区第一纵队(王戴纵队)联络部副部长。1946年1月,父亲到宣化店任中原局统战部科长,4月派赴武汉以"董必武公馆"为掩护同吴德峰做情报工作。这时国共谈判已濒破裂,秘密活动极为艰险,他以中共执行小组中校军官身份建立了五处情报关系,工作两个多月。6月,国民党进攻中原一触即发,武汉工作结束,吴德峰飞北平,父亲回到宣化店,随中原军区第一纵队司令部突围,王树声指示父亲化装离队去武汉。从武汉登机回北平时,父亲被国民党宪兵扣了一天一夜,他坚持不写"未受虐待"的字据,经北平军事调处执行部中共代表交涉才获释。后在周恩来、董必武同志关怀下,从南京转北平返延安。

七

父亲1946年8月回到延安,中央组织部干部处分配他到保安处帮助工作,任机关党总支书记。这时,一年前已在山东参加革命的哥哥和我与他取得联系。当他知道我们都已入党时来信说:"由于我党革命事业之发展,已把你们一代吸收到这个无产阶级先锋队之中了,在这个时代你们有此发展,这是很光荣和幸福的。必须用一切力量努力学习和工作,要为党无限忠诚地牺牲自己的一切。"

1947年2月,父亲参加由李卓然、周兴率领的西北局工作团到米脂杨家沟土改。5月,中央组织部介绍他到晋冀鲁豫中央局,7月随军进入鄂东地区,任罗(田)麻(城)工委委员、麻东工作队队长,配合军事行动开辟新区发动群众工作。11月下旬,国民党大举向大别山区进攻,父亲随部队突围至豫皖边,留中原中央局,在李雪峰、陈少敏、刘子久领导下进行土改工作,不久调回后方。1948年5月,华北局成立,父亲于8月1日返华北局组织部,调任冀中河间地委宣传部长、副书记。1949年4月,为迎接全国胜利,他任冀中南下第二地委书记兼南下第二干部支队政委,同司令员万振西带队南下准备接收南京。到合肥后,因坠马负伤,赴济南养伤,6月间调华东大学任副校长兼党委书记。

八

1948年成立于潍县的华东大学,在济南战役后迁到济南,父亲调去工作了10个月。当时党政军急需大批干部,他为此做了许多工作,使一批学生提前毕业参加了工作。

1950年2月,父亲调任中共山东分局统战部副部长,并兼任济南市委统战部长,做了大量工作,参加了全国第一、二、三次统战工作会议。因工作需要,父亲1951年1月兼任山东省宗教问题委员会委员,1952年10月兼任山东省政府人事厅副厅长,1953年1月兼任山东分局工商委员会委员。他认真贯彻党的政策,广交朋友,尤其重视团结知识分子。著名学者王献唐先生因一般历史问题遇到麻烦时,他亲自登门拜访,报告有关领导予以解决并安排公职,主持山东省文管会工作。山东大学创办《文史哲》杂志,经费拮据,他从统战工作经费中拨款支援。交际处归统战部领导,他参加过许多党内外的接待工作;1950年,接待出席全国英模表彰大会的华东代表;毛主席、董必武到济南都向他问起王尽美遗属情况,在毛主席和董老的关怀下,山东分局指示他安排王尽美之母到济南由公家赡养,与他比邻而居,度过晚年;1952年,毛主席由杨尚昆、罗瑞卿等陪同到济南,他也参加了接待工作。

1953年11月,父亲调任山东省人民政府副秘书长兼党组书记,1956年5月,调任山东省副省长。他任副省长六年多期间,不仅努力搞好自己分工的工作,而且关心其他方面的工作,凡是能出力的,都积极去做。他分管手工业局,为此钻研过工艺美术。后来负责基建工作,兼任建设厅长、党组书记、基建委员会第一副主任、山东省建筑工程学院院长、党组书记。在1958年"大跃进"中,他实事求是反对浮夸风,曾指出山东"农业大丰收展览会"展品中的虚假现象。他支持一些重大项目的设计和施工,主持了对山东城乡基本建设规划的调查工作。他在基本建设工作中的一些实事求是的言行,在反右倾时一度被认为右倾,被迫做检查。但不久山东省委安排他去北京领导人民大会堂山东厅的装修工程,他和有关专家、施工人员通力合作,圆满完成了任务。

1949年后,父亲以"革命不应后人,当权不必在我"自勉。他在山东工作十三年,这期间山东党内发生过多次错误的斗争事件,他总是尽可能地采取实事求是留有余地的态度。他在一封信中写道:"搞运动,凡自我批评或批评别人,必须尽量客观地进行分析……绝不要过左过右地提意见……激一时之愤,逞一时之气,快一时之意,取一时之宠等等个人主义的东西,必须经常警惕,因为我们时常在有意半有意或无意中躬自蹈之。"他还指出:在党内正常生活困难日多的情况下,实事求是说易行难,但这是必须遵守的原则。

九

1960年父亲患肝炎后,向中央组织部提出调动工作的要求。经山东省委、华东局同意,于1962年10月4日调任华东局副秘书长兼机关党委书记。

1964年10月,他参加罗毅率领的华东局社教工作团,到安徽全椒县进行社教工作。他在蹲点中,以较大精力研究了改善农村住房建设问题,从改变农村浪费土地及节约建材、降低建房费用、便于生活等方面考虑,提请安徽省委指示安徽设计院派建筑设计人员参加规划,以两个村庄做典型,制订一套标准设计方案,作为安徽试验推广的参考。十一届三中全会后,曾任安徽省委书记的任质斌谈起父亲在安徽社教期间关注农民住房问题,仍极称道。

十

1968年1月11日,因身陷囹圄,遭受侮辱和迫害,最终他不堪折磨,含冤离开人间,临终遗言表示了他最后的抗议。十一届三中全会后,在党中央关照下,上海市委于1979年2月22日为父亲平反昭雪。结论指出:"他历史清楚,政治上没有问题,对党对人民忠心耿耿,立场坚定,把自己的一生贡献给了党和人民的革命事业。""不论是在国民党的'白色恐怖'下,还是在艰苦的战争环境中,他都为党做了大量工作,为人民革命解放事业做出了不少贡献,尤其是在上海做地下工作时期,曾掩护党中央机关的安全,对党有过重大的贡献。"

1949年后,在社会主义革命和社会主义建设中,他勤勤恳恳,兢兢业业,任劳任怨地为党为人民做出了许多有益的工作。""他为人光明磊落,正直无私,从不计较个人名利、地位,是我党的优秀党员和好干部。"1979年3月20日,在上海市龙华革命公墓,上海市委干部及家人为父亲举行了骨灰安放仪式。上海市及原华东局领导同志和他生前好友、各界人士数百人参加了悼念活动,中共中央和全国各地800多人送了花圈和发来唁电、唁函。

(2007年)

我的母亲

中国共产党优秀党员刘叔琴,是山东早期共产党员之一。1924年在济南入党,曾任济南女子师范学校第一任党支部书记,参加过反帝反军阀的学生运动和工人运动。1926年后,长期在上海做党的地下工作。大革命失败后,坚持斗争,经受了严峻的考验,在"白色恐怖"下,同我的父亲李宇超在党中央机关工作,为掩护机关安全,做出了重要贡献。在抗日战争时期,她历经艰辛到达延安,此后一直从事革命学校教育工作和党与政府、群众团体的机关工作。1979年,从上海市妇联福利部副部长任内离休。她爱憎分明、立场坚定、作风正派,对党的事业忠心耿耿,从不计较个人名利、地位,勤勤恳恳地为党工作,直到年事已高,仍积极参加党的生活,学习马列主义著作。1990年12月30日,因病不治逝世。她为共产主义理想,为中国人民的解放事业和社会主义建设,坚持奋斗六十多年,贡献了毕生精力和全部智慧,不愧是党的好女儿、人民的好干部。

一、共产党员兼团员,济南女师第一个党支部书记

母亲刘叔琴,原名牛淑琴,字润书。1905年10月,出生于山东省桓台县牛旺庄的一个中农家庭。母亲的祖父是村里的一名中医。父亲牛士筠,字竹溪,清末秀才,在济南警官学校毕业后,任济南政法学校教员,后在博山、沂水、禹城、济南、青岛等地任警官,晚年任私立小学校长。母亲袁崇英,出生于长山县焦家桥一个曾是百年望族的破落之家,祖代有人官至直隶总督。母亲前有哥哥和姐姐,但却幼年夭折,因此她成了牛家的独苗。牛家家境并不富裕,经济来源主要靠父亲薪金和家中数亩土地租金。1911年,她开始就读于博山女子小学,次年,转学于沂水;1915年,转学济南竞进女子小学;1917年,初小毕业后到禹城读高小;一年后,转回济南住校读省立女子师范学校附属小学(虹桥附小)高小二年级。当时高小学制三年,她于1921年毕业。虹桥附小校长是调任过去的原竞进小学校长谢兰畹女士,她是一位自强自立的女性,对母亲小学时代的思想影响很大。受五四运动的启发,母亲深受社会平等观念的影响,她看到大明湖的船娘、采莲女面黄肌瘦、衣不遮体,而湖畔富户生活奢侈以及世俗男尊女卑等现象,经常慨叹世间贫富悬殊,男女不平,于是勉励自己自强自立、努力读书,并积极参加学生自治会活动,任美术部长,颇受谢校长关爱。

1922年8月,母亲考入济南的山东省立女子师范学校第12班,成绩在50名考生中名列前茅。她珍惜在这所官费学校就读的机会,勤奋学习,深得师长好评。当时军阀混战,工人运动蓬勃兴起,香港海员罢工、京汉铁路及安源煤矿工人罢工,对青年学生影响很大。学校教育提倡复古读经,禁锢思想自由,与母亲勤于思考、活泼近人的性格形成很大反差。因她参加雅乐组、篮球队,喜欢读文学作品,被

高年级同学视为年龄较小的"文学女青年",称呼她为"小牛"。她同9班的王辩(字慧琴,后改名黄秀珍)、10班的侯玉兰(后改名侯志)、朱岫容(字少云)、于佩贞等先后熟识起来。1923年夏,她发现同住第4宿舍的侯玉兰看《响导》,就向她借阅,后又借阅《共产党宣言》,并请她代订了《响导》和《中国青年》。从此,她从爱读《小说月报》转向爱读进步政治性书刊了。王辩是学校里的新潮人物,大家还梳发髻时,她已剪男式短发了。在王辩、侯玉兰影响下,母亲读了《社会主义浅说》《科学的人生观》《俄罗斯妇女》《共产主义ABC》等书籍,思想发生了很大变化,对共产党和共产主义有了初步认识,认为中国未来的出路必须实现社会主义,要为共产主义而奋斗。当时正是冯玉祥发动"北京政变"之时,孙中山发表"北上宣言",提出召开国民会议,中国共产党也发表第三、四次对时局的主张,她十分关注,并拥护党的主张。这时,王辩向她公开了自己共产党员身份,1924年12月,经侯玉兰介绍,母亲加入中国共产党,并由组织决定任命她兼社会主义青年团团员,做团的工作。在济南窑窝街的一所破旧平房里,她第一次参加党的会议,在这时填写了入党志愿书,举行了入党仪式,见到了党的一大代表王尽美。

母亲入党后,一面在女师读书,一面进行党的秘密工作。这时,山东国民党党部在济南女师附近的育才小学,她被派去参加活动,扩大共产党的影响。在学生运动中,她进行反帝反军阀的宣传,参加工人运动,每周末都在女工宿舍度过。根据党的二大宣言精神,她向女工宣讲帝国主义侵略的罪恶,工人阶级被剥削压迫的实质,中共反帝反封建政纲和工人运动的道路,同女工谈心、交朋友,与她们建立了亲密的关系,后发展女工李淑枚入团。

1925年,王辩、侯玉兰等在济南女师毕业后,全校党员只剩母亲一人。那时,党的济南地委机关已迁至东流水河北岸的一座小楼上,这里有一部油印机,她就常去参加印制传单及宣传小册子,有时赶不回学校就买点小饼子咸菜充饥。地委改组为山东省委搬到三大马路纬一路国民里后,召开了纪念巴黎公社的集会,由省委负责人尹宽做报告。社青团已改称共青团,省团委书记关向应也参加了这次集会。在此前后,郑超麟、罗章龙都来过济南。这时,济南在张宗昌统治下,斗争形势紧张,但党的组织也有了发展,许多母亲熟识的共青团员已转为党员。王兰英原籍广东,父亲是药材商,家道中落,定居济南南关所里街43号。她是济南女师13班的高才生,入党后工作积极,在声援"青岛惨案""五卅惨案"和省港大罢工等活动中,许多传单都是关向应写好由母亲和王兰英张贴的。母亲的革命活动引起了学校当局注意,学校以她学习成绩下降为借口,找她谈话,暗示不要参加政治活动,但母亲仍旧继续坚持斗争。

二、上海十年,从上海大学到地下党中央各机关

1926年3月底,母亲到上海一旅馆落脚后,第二天由康生和孟超接她到上海大学,找罗尔农转了党组织关系,分配预科学习。半年后,转入社会科学系本科一年级,主要课程为政治经济学、资本论、社会发展史和马列主义,英语选科课本是达尔文主义与马克思主义。课外去工厂和各界妇女联合会、山东同乡会、山东青年社等群众组织参加演讲、宣传、散发传单等活动,并担任各界妇女联合会组织工作。上海大学党支部先后由高尔柏、康生、张晓柳任书记,母亲曾任党小组长和支委,同组党员有沈泽民、张琴秋、杨尚昆、沈观澜(沈志远)、沈霭春、赵君陶、李汗夫等。是年,母亲与父亲李宇超结婚。从1926年10月到1927年2—3月,她在上海大学参加了上海工人三次武装起义,曾到宝兴路一所小学听周恩来、贺昌的形势报告,同工人一起游行示威,并和上大同学参与抗争帝国主义在中国设立的伪政权。

上海大学由闸北青云路师寿坊迁至江湾,母亲被派往江浙区党委沪西部委任妇女主任,同曹轶欧及女工文巧云联系工厂女工的斗争。

4月12日,蒋介石叛变革命后,她同父亲接到组织指示转入地下工作。这时党组织机构缩编,母亲后得到通知到武汉党中央机关工作。此时她已怀孕,但接到通知后仍匆匆告别丈夫赶往武汉。党的第五次代表大会开过不久,武汉政府尚通电讨蒋,但"马日事变"后形势险恶,她在武汉找到党组织后,即在中央秘书处负责密件保管和统计工作。不久,汪精卫在武汉开始反革命大屠杀,组织通知她去苏联学习,面对大革命惨痛失败,她不甘心远走国外,表示要继续留在国内斗争。9月,母亲随中央机关回到上海后,同父亲分配在中央秘书处文书科药水油印处工作,负责印制党内文件和宣传材料。党的第六次代表大会前后,周恩来曾亲自将有关会议文件交她抄写,包括蔡和森给中央的关于党的工作建议和有关"三八节"的文章等。

1929年6月,母亲奉周恩来指示担任掩护六届二中全会机关的工作,并参加听报告及会议文书工作。会议结束后,母亲调全国总工会秘书处工作,主要做资料工作,并参加印发传单。1929年冬,母亲同王兰英、贾琏组成"内部交通网",传送党的文件。毛泽民负责的秘密印刷所为总工会支援海员罢工印制的大批宣传品,就是她以怀孕之身为掩护取回,再交王兰英带走的。1930年春夏间,她调任中央军委训练班担任掩护机关工作,到训练班讲课的有刘伯承、李硕勋、李立三、欧阳钦等。1931年4月,顾顺章在汉口被捕后叛变,打入国民党调查科徐恩曾手下的钱壮飞获悉后赶到上海向党中央报告,她和父亲受命掩护钱壮飞在上海的安全。她以家庭主妇身份,每日三餐,中、晚饭四菜一汤招待"客人",一星期后钱壮飞转赴苏区。1931年7月,她调中央组织部招待处担任联络工作,不久,又调内部交通科工作。1932年9月至1933年3月,在上海梵皇渡路柳迎村掩护中央宣传部机关,后调中央组织部做内交工作。1934年6月以后,调上海中央组织部做内交工作。1935年2月19日,上海中央局机关遭到严重破坏,她和父亲脱险后,6月间父亲与西安的组织联系因故中断,以致一起失去组织联系,从此开始了寻找组织的漫长岁月。

母亲在第一、二次国内战争时期,长期从事党的秘密工作,坚持斗争,不动摇、不退缩,机智、沉着地完成了党交给的任务,她和父亲以商人、职员、阔少等各种假身份的真夫妻家庭为掩护,坚持在上海地下党中央机关工作十年以上,虽只能依靠领取组织有限且实则难以为继的经费,但仍利用家庭和社会关系资助、支持革命。他们虽有时饿肚,但住处陈设和衣着仍因工作所需而十分讲究,还资助同志,在掩护中央机关安全和内交、特科等工作中,他们做出了重要的贡献。母亲同父亲是中央特科及警报系统最后撤离上海的人员。父亲于1936年10月经鲁迅与组织取得联系;次年8月经与潘汉年联系,10月到达延安。母亲到山东诸城等待消息。她在诸城两年多,除宣传党的统一战线和民主团结、抗战及减租减息等政策外,还对原在老家的两个儿子及子侄后辈进行革命教育。后来,晚辈中有10人受其影响在抗日战争和解放战争中参加革命。1940年春,母亲携带两个年幼子女奔赴延安,经秦岭、潼关等战区险道,穿越敌人重重封锁线,长途跋涉、历经艰辛,于1940年夏天到达西安八路军办事处,10月抵达延安。

三、从延安到晋冀鲁豫

母亲在延安招待所住了一个星期,即由中央组织部分配到行政学院任教员,与李一纯、袁家柯等给各乡(区、县)级干部上政治文化课,并曾一度管理图书馆。1941年7月,改调延安高等法院任科员,并负责档案工作,熟悉了所存边区三年档案材料。1942年1月,因次女降生,响应周恩来倡议女同志"做广义母亲"的号召,到学疗托儿所任生活委员和学习委员。学疗托儿所属中央组织部领导,归中央事务管理局,由学疗医院负责医务工作。1943 年以后,母亲在行政学院参加大生产运动,纺纱、种菜、割草,并在延安大学学习。1945年 9 月,得总政组织部长胡耀邦通知南下豫西,经晋西北、涉汾河、过吕梁、穿越同蒲路封锁线后,因日寇投降,豫西部队转移,当年 12 月到达晋冀鲁豫中央局,等待组织决定尔后行动。1946 年 5 月,由晋冀鲁豫中央局分配工作,到邯郸中学任教导员,并参加晋冀鲁豫中央局孟忤村土改工作。1947 年 6 月,到晋城任中原局后方留守处一队秘书,新四军五师子弟小学校长。1948 年 3 月,到石家庄转往平山,等待晋冀鲁豫中央局分配工作,10 月,调冀中八地委党校任指导员,后负责地委图书馆工作。

抗日战争和解放战争时期,母亲工作变动多,因此未能及时恢复党组织关系,但她一直以老党员的身份自我要求,坚持原则、艰苦奋斗、磨炼自己,认真负责工作,对革命做出了巨大贡献,终于在 1947年春重新入党。中华人民共和国成立后,经中央组织部调阅其全部档案材料,并根据组织调查结果,指示山东省委解决她的党籍问题。1958 年春,山东省委组织部通知,党中央同意省委意见,恢复母亲1924 年以来全部党籍。

四、中华人民共和国成立以后——最后的岁月

1949 年 4 月,母亲到济南,调任山东分局机关党委宣教科副科长兼机关学校校长、党支部书记。1950 年 2 月,改任山东分局统战部机要秘书。1953 年 3 月,调山东省人民政府办公厅任机要秘书,后又到政策研究室任研究员,参加贯彻党的农业方针政策,参加移民工作及出国工人办公室等工作。1955 年初,回到山东省人委办公厅

第一(综合)办公室任秘书。1958年夏,任山东省建筑设计院党支部副书记,年底因病休息。1962年,调上海分配工作。1964年夏,任上海市妇联福利部副部长。1979年3月,组织批准离休;12月,上海市委组织部通知,经中央批准,行政级别调整为第13级。

"文化大革命"中,全家受到严重冲击,十多年中,她身心历经磨炼,但始终坚持原则、坚持斗争,对党充满信心,相信黑暗必将过去。她是一名坚强的共产党员,也是一位伟大的母亲。母亲拥护党的方针政策,为改革开放的成就欢欣鼓舞。她一生为党、为革命,直至战斗到生命最后一息,表现了一名共产党员应有的崇高品质。

(2008年)

续致大哥

大哥,组织和同志已经确证我们父母理想坚定,忠诚于党。父亲是中共九大情报奇才之一。他是中共中央上海地下党特科工作人员,他同母亲一起掩护了中央机关和中央领导同志的安全,留下了传奇般的历史故事,为保全中共党员和促使革命顺利进行做出了历史性的贡献。

忘记过去,失去了历史的记忆,焉知未来。我们是苦难的一代,也是幸福的一代,我们是衔接过去与未来的桥梁。一息尚存,就应不忘初心,继续前进,尽未完的责任。没有共产党,就没有我们。父辈告别旧家,做了阶级的决裂,走向光明。他们始终理想坚定,视延安整风为思想改造期,客观对待党内禁闭审查,归结是"白色恐怖"条件所造成,经历严格审查考验,终于得到了优秀共产党员的确认。父亲一直认为自己没有武装斗争和农村、农民工作经验,直到1944年还向党请缨南下中原去"补课",之后九死一生,迎来抗战、中华人民共和国成立的胜利。这就是老一代革命者精神的壮举以至于今的影响。

文　情

大哥在苏联时期的留影

我们要传承中国文化的优良传统，传承革命红色文化的优良传统，重视东西方文化的交流，并具有爱自己的国家、民族，团结各民族共同奋斗的家国情怀。

大哥，这也是我们的党史、国史和家史。

兄弟姐妹合影留念,第一排右一为大哥扈生

大哥,我们的亲人经历了苦难,经历了十年之久的"白色恐怖",经历了"四一二"苦迭打,经历了上海三次武装起义的斗争,经历了抗战的胜利和中华人民共和国成立,迎来了人民的解放。我们永远不会忘记,我们这个家族为革命做出了无私奉献,也做出了巨大的牺牲,我们三代人都爱党,无怨无悔。一切都说明我们的家史是革命的家史,应该好好地代代传承,不忘初心,继续前进。唯一的不幸是你的早逝和陶冶中的误伤,这已成为过去。

大嫂培青出于教育世家,与你一起留学苏联,思想与时俱进,为我国科技体制改革,实施"863"计划做出了贡献,与你同甘苦、共患难,带一双儿女共同度过了艰难的岁月。母亲 1937 年在山东等待父亲到延安的消息,忍痛告别大病临危的弟弟。大妹玲玲以六岁稚龄,怀抱三岁的北婴弟弟,利用各种交通工具,越潼关过秦岭随母亲到达延安。堂哥李铠送母亲到延安,客死宝鸡。历经抗日战争考验,父母迎来抗日战争胜利,父亲决心"补课"。1944 年,父亲随王戴纵队南下河南,又在豫西负伤。和谈失败后,再下大别山,中原突围,临时又到武汉做情报工作,临危受命,异常艰险,可谓九死一生,终于迎来了中华人民共和国的诞生。堂哥李镭在解放战争中牺牲,是一位应该确认的烈士。这就是我们这个家族的革命故事。现在,我们的第三代人有两人在法美留学归国或将归国,还有一位正读高中。他们功课都好。他们都认同东西方优秀文化的交流,也认同中国革命"红色传统"的继承。

　　大哥,我们没有辜负父辈的教诲和老首长的期望,我们是革命理想的传承者。我们要做到如老首长张云逸所说"不忘初心,而尽己责"。我们要活到老,学到老,改造到老,不忘初心,继续前进。我的一生实实在在就做了一件事,这就是苛守父训,"不准有个人主义"。上一代革命前辈的感召和影响,深入头脑和骨髓,我永远不会忘记。

(2016年5月)

笔触感怀

解放战争时期华东局在诸城及五莲的记忆

解放战争中,中共华东局两次驻诸城、五莲境。第一次是1947年6—7月从沂水坡庄地区迁至诸城南乡及五莲寿塔、莎沟一带,8月间转移至掖县(旧时山东莱州市称谓)的徐家地区;第二次是1947年10月,从平度大泽山区迁至诸城北乡西惠林地区,11月,又迁回诸城南乡及五莲的大茅庄、仁里、寿塔一带,至1948年4—5月离去,迁往益都闵家庄地区。

这期间,我在华东军区机关工作,任张云逸副司令员秘书。在华东局第一次进驻诸城、五莲时,我随张云逸也到了这里。

这段历史,大体是这样的。

蒋军正向山东解放区重点进攻,我军孟良崮战役获胜后,制订了第二次莱芜战役消灭蒋军第五军的计划。不久,放弃了这个计划,华野分兵策应刘邓渡黄南下,留中路部队打南麻、临朐战役,因未得手,向诸城及胶济路北转移。这时,从沂水坡庄地区刚到诸城、五莲的华东局,8月间转移到掖县徐家地区。华东局决定由饶漱石、黎玉、张鼎丞、曾山留在胶东,以张云逸、邓子恢、舒同组成华东局后方工委,转移到渤海区的惠民、阳信地区。9月,蒋军组成范汉杰兵团向胶东腹地进犯。党中央指示同意华东局留胶东,华野东兵团受华东局节制,在胶济路南北实施内、外线作战,并掩护华东局机关。10月初,山东我军转入反攻,东兵团发起胶河战役获胜,不久,华东局从大泽山区转出,进入诸城北乡西惠林一带。10月15日,我军克复诸城,华东局于11月迁回诸城南乡及五莲大茅庄、仁里、寿塔一带,直至1948年3月益都解放后,华东局及其后方工委才于4—5月间在益都闵家庄地区会合,后方工委随之撤销。

解放战争时期,华东局驻诸城、五莲累计时间达八个月之久,在这里领导了这期间的重大斗争。革命客观形势赋予的任务主要是战争和土改,一切为了战争,一切为了胜利。

领导战争方面,华东局坚决贯彻中央战略决策,在许世友、谭震林的指挥下,从胶河战役胜利开始,领导山东军民粉碎了蒋军的重点进攻,使山东我军由战略防御转入战略进攻。此后,华东局又指挥渤海军区、鲁中军区部队,组织了胶济路西段战役和昌潍战役。1948年3月,华东局指示山东兵团准备解放潍县,要求山东党政军民从思想上、组织上动员起来,从财力、物力、人力上全力支援昌潍战役。为保障战役的胜利,掌握政策,取得接管城市的经验,华东局在战前成立了支前领导机构,预先调集1 000多名干部,配备了潍县解放后的党政领导和军管班子。昌潍战役于4月27日胜利结束,我党政军机关入城后,顺利地稳定了社会秩序,实现了接管。

这期间,华东局为领导组织扩编部队和补充前方兵员做了大量工作。继胶东军区三个师编为华野十三纵队后,华东局于1948年初指示胶东军区重建第五师、第六师,归胶东军区建制。渤海军区重建第七师、第十一师,编为渤海纵队,并成立华东警备旅,直属华东军区领导。同时,组织各地翻身农民青年参军,扩编各级地方武装和补充野战军兵员。蒋军重点进攻期间,还领导了山东后方的疏散和鲁南、鲁中等地武装就地分散,坚持斗争。

华东局在领导华中的斗争中,先是要求苏北坚持独立自主斗争,后于1947年11月决定建立华中工委,统一对苏中、苏北、淮南、淮北和江南的领导。1948年初,中央决定恢复华中分局后,又贯彻中央军委作战决心,派华野第二纵队由山东南下与第十一纵队、十二纵队会合,开拓苏北战场。同时,指示闽、浙、皖等敌后地区,发动群众游击战,并建立皖南根据地。

在领导土改方面,1947年5—6月间,华东局指示各地开展土改复查工作。10月间,在西惠林召开土地会议贯彻土地法大纲,布置山东土改工作,饶漱石、黎玉、张鼎丞等同志参加会议。会上批判黎玉的"富农路线"是错误的。1983年,我听黎玉同志说中央并未提过这样的批评。这次会议后不久,为克服战时的灾荒和财经困难,华东局在全区颁发了"精简整编、调整供给标准、清理资财"的"三大方案",在华东各地及机关、部队开展查阶级、查斗志、查工作和整顿思想、整顿组织、整顿作风的"三查三整"运动。1947年冬,山东土改在有些地方短期内发生过"左"的偏向,12月间,华东局在诸城、五莲指导滨北暂停土改复查工作,纠正了这一偏向。1948年1—2月间,华东局派包括许多地、县委级干部在内的200多名干部组成的工作团,到五莲县进行整党试点工作,贯彻中央老区半老区土改与整党工作指示,开展生产、备荒、救灾、支前、扩军等工作,直到华东局迁益都冈家庄后结束。

华东局机关人员,同诸城、五莲人民群众结成了深厚的情谊。1948年春,针对当时灾荒情况,华东局提出"不荒一亩地,不饿死一个人"口号,领导当地党政机关部署了春耕生产和救灾工作。华东局机关全体工作人员也都参加了春耕春种和夏收夏种的生产工作,投入大量人力、畜力支援农业生产,对当年每日节食一餐和人力拉犁的情景,不少人至今还记忆犹新。红军干部赵仲凯曾对我说起,他在告别诸城、五莲时,有一位姓臧的农村青年得知他腿痛,一定要送他一块小狗皮作为纪念。他再三推辞,终未推却得了。这件事使他十分感动,深感虽在这里住的时间不长,但同群众的情谊却是十分深长的。

华东局领导同志关心机关工作建设,许多会议精神都及时传达,在向胶东转移前,张鼎丞同志在一个树林里给机关干部做了形势任务报告。华东局领导同志重视调查研究,随时随地深入基层了解实际情况。有一个晚上,向胶东转移途经诸城北郊时,张云逸、邓子恢同志暗访了一次土改斗争会,我随他们站立在露天会场上,很久才离去。在此前后,他们还会见了诸城县委领导同志,了解土改复查情况,指示注意掌握政策,不要侵犯中农利益,团结大多数,最大限度地打击最顽固的敌人。张鼎丞同志自始至终领导华东局五莲县工作团,以五莲为新民主主义实验县,纠正了土改复查和党内"左"的倾向,对指导山东以至华东全区工作,取得了重要经验。

华东局两次驻诸城、五莲,正在中国革命迅猛发展的历史关头,革命每天都推动着历史前进。华东局在这里领导了当时的重大斗争,这里的党政机关和人民群众,为华东局创造了好的驻地条件,在战争负担和春荒严重的情势下,做了大量保障工作,为革命做出了重大贡献,这是人民的光荣,这是值得纪念的历史篇章。华东局在这里留下了坚持进取的革命斗争精神,实事求是、艰苦奋斗,同人民群众甘苦与共的思想作风将永远激励我们。

(1999年5月1日)

"小康"与"大同"

"小康"作为中国共产党领导中国人民建设社会主义的一个奋斗目标,是邓小平在1979年12月提出来的,这是建设中国特色社会主义的重要内容。

经过多年的奋斗,现在中国人民的生活总体上已达到了小康水平,虽然还是低水平的、不全面的、发展很不平衡的小康,但是这说明我们已经取得了巨大的成就,为继续开展社会主义建设开辟了广阔的道路。党的十六大发出了"全面建设小康社会,开创中国特色社会主义事业新局面"的战斗号召,作为共产党员,我们应该身体力行。即使年老离休,也要努力尽责,做好自己力所能及的工作,坚持党的崇高理想,保持革命晚节,继续奋斗。

党的最高理想和最终目标是实现共产主义。按照马克思主义的基本原理,所谓的"共产主义"就是要在生产力高度发展、物质财富极大丰富、人的精神境界极大提高的条件下,建立一个没有人剥削人,各尽所能、各取所需,共同富裕,人人都能自由全面发展的社会。马克思和恩格斯认为,"共产党人可以用一句话把自己的理论概括起来:消灭私有制"。当然,这不是一个早上就该去做的事情,但这是最终实现共产主义的"义"中之事,也是明白的。

实现共产主义是一个漫长的历史过程,是要经过许多代人的坚持奋斗才能达到的。我们现在还处于社会主义初级阶段,就这个阶段来说,也还要经过很长的过程。从社会主义初级阶段包括中国预计二十年到五十年实现的全面小康社会,到发达的社会主义,都是为最终实现共产主义准备物质基础,这是通向共产主义漫长历史过程的必由之路。所以,我们必须脚踏实地地为实现全面小康而奋斗,同时也必须明确我们当下的目标和前进的方向。我们要像邓小平同志指示过的那样,"用革命的事迹来教育我们的子孙万代;像我们的前辈那样,像我们的先烈那样,永远当一个革命者,永远当一个为人民大众的集体事业服务的社会主义者,永远当一个共产主义者"。

晓光左手书

"小康"一词,早在西周时已出现。《诗经》中《大雅·民劳》有"民亦劳止,汔可小康。"后又出现于《礼记·礼运篇》,在这部儒家著作中,记述了大约在夏、商至周代初期,中国进入私有制的奴隶制和封建时代,生产力较原始公社发达时出现的一种相对安康的社会状态。在这段叙述之前,还有一段讲"大同"的话,原文为:"大道之行也,天下为公,选贤与能,讲信修睦。故人不独亲其亲,不独子其子。使老有所终,壮有所用,幼有所长,矜寡孤独废疾者皆有所养。男有分,女有归。货恶其弃于地,不必藏于己。力恶其不出于身,不必为己。是以奸谋闭而不兴,盗窃乱贼而不作,故外户而不闭,是谓大同。"这一段话是描写大约在夏代之前的原始公社时代,生产力很低下、物质生活水平很低的一种公有制的纯朴、自然的社会状态,但那时人与人之间相互信任、社会和谐。所以,以历史唯物主义的观点看,从那时的"大同"到"小康",是社会发展的进步。然而,随着私有制社会的发展,不可避免地出现了一些弊端。由于在中国文化典籍中对这段历史的如实记述所产生的影响,"大同"的观念便逐渐成了人们精神上的向往。所以,元代有人注解《礼记》说:"小小安康之世,不如大道大同之世。"他们没有科学的历史观,这种认识在传统中国文化中为人们所接受,是不足为怪的。实际上,后来人们心目中的"大同"已经不是原来意义上的"大同",而成为一种新的"天下为公"的理想了。

如邓小平借用"小康"一词比方社会主义的一个奋斗目标一样,毛泽东也借用"大同"一词比方过共产主义。他在中华人民共和国成立前夕,纪念中国共产党成立28周年时发表的《论人民民主专政》中说:"经过人民共和国到达社会主义和共产主义,到达阶级的消灭和世界的大同。"毛泽东和邓小平都是将马克思主义与中国革命实践相结合的领袖,他们这种古为今用,从科学历史观的高度,在历史的崭新层次上引领中国革命为"大同"而奔"小康"、经"小康"而向"大同"的社会主义建设方略,是中国气魄的伟大号召,必将永载史册,是千秋万代永远鼓舞中国共产党、中国人民前进的力量。

(2003年6月27日)

甲胄有感

1944年岁次甲申，郭沫若写了《甲申三百年祭》，发表不到一个月，毛泽东就在《学习与时局》的报告中向全党的领导机关和高级干部发出"不要重犯胜利时骄傲的错误"的号召，之后党中央印发这篇文章"叫同志们引为鉴戒"，这是总结我党历史上曾经有过几次大的骄傲，造成很大损失后得出的教训。当时，这一总结的历史经验，统一了全党的思想，为党的七大做了重要的准备。七大贯彻了谦虚谨慎、防止骄傲的精神，团结全党和全国人民战胜了日本侵略者，投入为争取建立中华人民共和国的伟大斗争。

记得日本投降后，在山东解放区，我也读到了郭沫若这本小册子，尽管许多引文还不全看得明白，只领会了大意，但这时及以后几年中，各种版本的"闯王戏"，如《李闯王》《九宫山》《闯王进京》等盛演不衰，的确看后令人印象深刻，毛主席号召的精神深入全党全军，贯穿于整个解放战争时期。链接着在战争节节胜利中"将革命进行到底"的豪迈气概，直至党的七届二中全会，毛主席指出，我们的革命"只是万里长征走完了第一步"，"革命以后的路程更长，工作更伟大，更艰苦"，"务必使同志们继续地保持谦虚、谨慎、不骄、不躁的作风，务必使同志们继续地保持艰苦奋斗的作风",这被同志们通称为"两个务必",牢记在心。

党的十六大以后,胡锦涛总书记重提牢记"两个务必",继承党的优良传统,赋予其重大的新时代的意义,必将激励全党为坚持马列主义、毛泽东思想、邓小平理论和"三个代表"重要思想,全心全意为人民服务,为我国全面实现小康而发挥无穷的力量。

郭文发表,距今已六十年。今年是那以后的又一甲申,大顺王朝的胜利(次年失败)也已三百六十年了,历史已经遥远。朱由检和李自成都是他们那个封建时代的社会产物,同二十世纪四十年代的人民革命和共产党领导的社会主义国家建设,有时代的本质不同。但他们的成功和失败,都同民心顺逆有关,最后的结局是明亡李败。从这一点来看,历史的教训对我们仍有借鉴作用。这就告诉我们:革命者,社会主义的建设者,永远不能脱离群众,一切言行"必须以合乎最广大人民群众的最大利益,以最广大人民群众所拥护为最高标准",不能搞腐败。

明朝末年,皇室是天下最大的富家,"镇库金积年不用","仕专为身谋,居官有同贸易","乡官侵凌闾里,官兵虐民","官府征粮纵虎差,豪家索债如狼豺",连年灾荒,民不聊生。虽然皇帝不断下"罪己诏",但所行背道而驰,积重难返,终至灭亡。说到底,天下是天下人的天下。明朝皇帝坐天下,脱离了大多数天下人,这天下就坐不下去了。李自成发动农民起义,打天下打胜了,但他领导的农民团体在胜利的时候骄傲起来,"纷纷然,昏昏然",为所欲为,走向腐化,不等坐稳天下便失败了。六十年中,我们党也有过失误,但经过批评和自我批评,我们党都一一纠正克服了。这也是只有破除骄傲、永远保持清醒的头脑才能做到的。我想,在"两个务必"的引导下,我们党若能坚持居安思危,警钟长鸣,必将使我党的领导执政地位和建设永远立于不败之地,继续从胜利走向更长远的胜利。

(2004年4月8日)

父亲的教诲

1947年,我在山东野战军参加了宿北、鲁南等战役,返回华东军区后,收到父亲一封贺信。这是他得知我和在特纵工作的哥哥扈生都成为中共党员后写给我的。从信中的字里行间,可以读出他的喜悦心情。信中写道:"我和你母亲没有机会给你们以教育和帮助,由于我党革命事业之发展,已把你们一代吸收到这个无产阶级先锋队之中了,在这个时代你们有此发展,这是很光荣和幸福的。必须用一切力量努力学习和工作,要为党无限忠诚地牺牲自己的一切。"这既是父亲对儿子的鼓励和教育,也是一个老党员对新党员的期望。

从此以后,父亲的话一直深深地烙印在我的心坎上,这同党组织、老首长、老同志对我的期望和要求也是一致的,是时刻激励我为党的事业努力奋斗的力量,使我时刻提醒自己任何时候都要个人利益服从党的利益,不计个人得失,不惜牺牲自己的一切为党工作,并且在不断地努力学习中,克服个人主义思想,改造自己,加强党性的锻炼和修养。革命战争和社会主义年代考验了我,数十年来,我没有什么惊天动地的业绩,只是在党所分配的工作岗位上不计个人名利,夜以继日,埋头苦干,为党工作,尽了一名共产党员应尽的义务。回首过去,我无怨无悔,无比自豪。

我是在党的教育下,在共产主义的教育下成长起来的,党的恩情永远记在我心中。在新的历史时期,我们唯有继续以共产党员的标准要求自己,胸怀远大的共产主义理想,坚持全心全意为人民服务,为党的事业无限忠诚地奉献自己的一切,才能不负时代的使命和人民的期望。时间已经把我们从青年变成了老年,虽然已经离休,但我们要"保持健康,理想永存",为中国特色社会主义的建设做力所能及的工作,永远做一名坚定的共产主义者。

(2004 年 5 月)

"七一"心语

中国共产党建党至今已八十五周年了。人到85岁属高龄,党则不同。我们党历经艰辛,但充满活力。这是因为有马克思主义的先进科学理论,正确预见了历史发展规律,确定了共产主义的远大理想。在建设发展过程中,我党紧密联系实际,紧密联系群众,不断总结经验教训,一步步地开辟前进的道路,与中国的实际相结合,发展了马克思主义。

在中国革命取得全国胜利之后,社会主义建设取得了巨大的成就,创造了中国特色社会主义道路,现在党中央正领导全国人民为实现小康,达到共同富裕,构建和谐社会而奋斗。这是民心所向,是具有强大生命力的巨大工程。今天,尽管还有腐败滋生,在前进的道路上还有丑恶与不平的现象,但我们党克服艰难险阻,披荆斩棘,整体健康发展的主流仍是滚滚向前的。

我入党已五十九年,在革命的斗争中,经历了胜利的欢跃,也遇到过挫折和磨难,但任何时候我都向往光明,相信未来。因为多年来,党的理论和实践教育了我,老一辈共产党员的榜样激励了我,革命的实际生活锻炼了我。全心全意为人民服务,服从党的工作需要,无限忠诚地牺牲自己的一切,早已成为影响我一生的座右铭。进入老年,我无所奢求,有的是因分享了社会物质文化发展成果而感谢党、感谢人民。我们永远不能忘记创造历史的真正动力是人民。

我本是一粒沙,曾在奔腾的潮流中磨砺,现已停泊在休息的港湾。但我的心仍然在沸腾,始终努力克服离休带来的局限性,发扬优良传统,紧跟时代形势;从群众实践中吸取营养,永不脱离群众;高举党的理论旗帜,思想永不落伍,沿着正确的方向迈向美好的明天。

(2006年7月)

六十多年前的一封前方来信

日前偶从书橱中翻到了一封老战友,也是我的老领导,在1948年10月10日的来信。这是我曾有意保存的一封信,但我从来也未想到它竟已随我六十多年之久。这封信当年曾使我激动和深受鼓舞,今天读来仍然令我心潮澎湃。

信的作者,于英洲,山东潍县固堤人。1945年初,我从山东滨海一分区到滨海军区测绘训练队任学员,他是滨海军区司令部侦查科的参谋。测绘训练队归侦查科领导,虽未任命他为队长,但实际由他管理并兼任教员,侦查科指派他负责领导训练队的工作。

记忆中,同志们都知道他是1938年(14岁时)参加山东八路军八支队的,是中学文化程度,后来在山东抗大一分校学习过一两年。那时的抗大一分校,不只是一所军事学校,还负有作战部队的使命。他身体矫健,作战勇敢,技术、战术以及参谋业务都很娴熟,为人热情,平易近人,深受学员爱戴。训练队结业后,我留在侦查科工作,后来于1946年调往山东野战军指挥部,他到滨海警备旅任侦查股长后我们就分别了。但从我同他相识开始,就受到他像兄长一样的关心和勉励,激励我增添革命上进的力量,分开后我也一直同他保持着联系。不幸的是,二十世纪六十年代末,他在舟嵊要塞区任副参谋长时,突为癌症夺去了生命。我曾到南京军区总医院看望他,不想从此永诀。

他写这封信时,正在陈唐兵团任三纵九师司令部作战股长。鲁南战役后,我回到了后方。在我们分别一年半的时间里,他所在的前方部队"始终在流动中",经过外线出击,连续战斗,又重回山东参加济南战役。他告诉我:"有谁会想到在出击之后的一年半又能回到家,精神上是何等的兴奋欣慰。"可见在紧张的战斗中,他置生死于度外,豪情满怀,充满着迎接胜利的信心。他说:"路虽然跑了不少,体力上有些耗损,但形势的顺利发展,接连大胜利鼓舞着我们更积极地前进……让我们前后方的所有同志们共同携手前进吧!……我愿以自己最大的努力在现有的岗位上积极工作下去,也愿与你及所有熟悉的同志们互相激励竞进。""望你在这斗争最紧张的胜利的前夜,各方面努力,真正提高一步,能够生活在这伟大的时代里,这是我们年青一代的幸运,错过则会追悔莫及。""预祝你在各方面的大步猛进。"

这是一位老同志,对战友如兄长般的关怀和期望。虽然那时他也很年轻,但他朝气蓬勃、热情洋溢,革命所历练的成熟情怀,使我深为感动。那时我曾不太安于后方工作,希望组织上准予重回前方,后来经过组织的教育和帮助,有了转变,而于英洲同志的来信也是激励我提高认识的一个重要因素。

故人已经远去多年,但那个时代,那些同志真挚的革命精神、革命感情,使我永远不能忘怀,我永远地纪念着他们。

来自六十多年前的这一封前方来信,我希望全文发表出来。不只是作为一份历史见证,更是作为一种虽已行而尚未远的精神,继续传承下去。

（2007年）

[附]

于英洲1948年10月10日自前方来信的全文

晓光同志：

来信收到，是十月五日收到的，因为战后的琐事所累，故始延至今日才能复你，请谅。

鲁南战役后，因为连续的战斗行动环境，未能会晤，至今已将近一年半了。这漫长的岁月里，我们始终在流动中。自去年七月我们出击后，在鲁西南地区周旋了两个月，九月就越过陇海路出击到中原，经过去年的两次往返津浦路，年底才算是打下许昌歼灭整三师。攻击确山之后，在漯河、郾城地区休整了两三个月，部队普遍进行了"三查三整"新式整军运动。今年三月复北下陇海路攻克洛阳，四五月间又配合刘邓宛西战役，南下至驻马店西数次阻击十一师，六月又配合八纵攻占开封。战役刚刚结束，又歼七十五师于睢杞。我们是担任阻援五军八三师任务，连续阻击将近一个星期，之后因雨季来临才在豫皖苏争取短期休整。八月中旬又越陇海路在金乡附近休整数周，奉命参加济南战役，这意外的战役行动使我们又能重返山东，这确是意外的，有谁会想到在出击之后的一年半又能回到家，精神上是何等的兴奋欣慰！

攻济战役后，由于靠近了原山东的部队，见了不少熟人，祝榆生、孙达才、王朋等均在济南会面了。

一年多的情形，就是这样度过的。路虽然跑了不少，体力上有些耗损，但形势的顺利发展，接连大胜利鼓舞着我们更积极地前进。想、在一年后的情形定会出现更新更好的局面，面对胜利的远景，让我们前后方的所有同志们共同携手前进吧！再打几个大仗，中原及全国的局势就要起大变化。我愿以自己最大的努力在现有的岗位上积极工作下去,也愿与你及所有熟悉的同志们互相激励竞进。

你现在很好吧?望你在这斗争最紧张的胜利的前夜,各方面努力,真正提高一步,能够生活在这伟大的时代里,这是我们年青一代的幸运,错过则会追悔莫及。

最后预祝你在各方面的大步猛进。并望时常通信,我仍在三纵九师司令部一股工作。代问姜万真及所有熟悉的同志好。

　　致以
敬礼!

于英洲
十月十日

"坚定理想信念教育"学习随笔

我从十几岁参加革命成为中共党员时起,就接受马列主义、毛泽东思想教育,也称作"共产主义教育"。党的最终目标是实现共产主义,是从建党时就明确规定了的,党员入党时也是明确的。党员接受党的共产主义教育,是自己应尽的义务和责任。我八十岁了,现在说的进行坚定理想信念教育,应该就是对共产主义信念的教育。共产党员不同于非党员群众,共产党员一辈子都要接受共产主义教育,坚定马克思主义关于共产主义必然代替资本主义的科学认识,为共产主义事业奋斗终生。

马克思主义创建已有一百多年的历史,其发源于十九世纪的欧洲。到如今,尽管世界各地历史不同,时代发展变化飞快,但马克思主义对人类历史发展基本规律的科学发现仍然是正确的。这是我们建党及其存在和发展的根本依据。

马克思主义是时代发展运动中的科学,是实践的产物,它也随着时代的发展而发展,并不断地接受实践的检验。马克思主义随时代的发展与俄国革命实践相结合,产生了列宁主义,与中国革命实践相结合,产生了毛泽东思想。这一方面丰富了马克思主义理论宝库,在政治、经济、战争、革命道路、社会模式、政策、策略等许多方面取得了成功的经验;另一方面,在探索前进中也有过错误和失败教训。

中国革命在马列主义、毛泽东思想的指引下取得新民主主义的胜利,确立了共产党领导下多党合作的人民民主专政的社会制度,取得了建设社会主义的伟大成就。但中华人民共和国成立后,在如何建设社会主义问题上党也走过弯路。党的十一届三中全会以后,党中央重申中国尚处于社会主义初级阶段的历史现状,提出建设中国特色社会主义,要以经济建设为中心,实行改革开放,坚持共产党领导,坚持马列主义、毛泽东思想,坚持无产阶级专政,坚持社会主义道路。之后又提出了一系列重大政策举措。在全面建成小康社会,实现中华民族伟大复兴,推进社会主义经济、政治、文化、社会等全面发展,促进人的全面发展等方面,展现了党的现实斗争的蓝图。对中国共产党人来说,这是一个较近的目标,但也仍然是一个较长的过程。"千里之行,始于足下",更远大的理想还需许多代人的努力。我们必须全心全意为人民服务,努力为现实的任务而奋斗。

十一届三中全会以来,马列主义、毛泽东思想在中国有了新的发展,这是党根据时代形势的发展,总结国内外经验教训,尤其是纠正了党内错误而取得的成果。人都避免不了个人的历史局限性,过度追究个人责任是无益的。我认为:就一个革命的政党来说,严格按照民主集中制原则办事,避免崇拜个人、迷信个人,以至造神膜拜的弊端,这是最重要的。

中国建设社会主义的道路仍在探索中前进,历史已证明还将继续证明,中国特色社会主义道路,是一条适合中国国情的光明正道。所谓民主社会主义、社会民主主义、西方两党制、资本主义与社会主义融合的主张，既不符合中国国情，也不符合世界历史发展的实际。在中国，不断完善共产党领导下的多党合作和政治协商制度，是能团结全国人民办好国家大事的好制度。固然，现代世界资本主义也实行了马克思主义经典的某些社会主义社会的诉求，是一个多世纪以来阶级斗争的成果，但正说明这是社会主义强大生命力的表现，不是什么"资本主义与社会主义的融合"，也不是"社会主义的失败"和"资本主义达到了社会主义的诉求"。

尤有甚者，认为马克思主义是"最彻底的发展资本主义的理论"，把"发展资本主义"奉若人类历史发展的最高神明，把共产主义必然代替资本主义的结论否定了。这与共产党人的宗旨是对立的。因为过程不是归宿，人类历史是不断进步的。

共产党员在为现实任务奋斗时，不能忘记远大的理想目标。有这样的胸怀，真正全心全意为人民服务，不只为自己和小团体谋利益，也就不会形成所谓"权贵阶层"。我们推翻了旧社会的官僚资本，要的是社会公平正义，现在说这个问题，是要求共产党员加强党的自身教育。现在社会上存在的贪污腐败是一个困扰人们的顽症，治此良药应从落实党员教育做起，消除"潜规则"，要靠国家法治规范。我相信，真正有共产主义理想的人，任何时候是不会贪污、受贿，搞腐败的。

中国特色社会主义已经取得了很大成就，国内生产总值的增长，许多惠民政策的实施，人民生活水平的提高，科技的进步，国家实力的增强，领土主权的保障，国防的巩固，都是明显的事实。党和国家的体制也不断地改革和完善，党的领导人年富力强，心系人民。以抗震救灾为例，党的强有力的组织能力和执政能力，我们有目共睹。我们党的各级组织如都能发扬这样的作风，团结人民、共同奋斗，必将无往而不胜。

中国特色社会主义的道路还很长,还存在很多困难和挑战,还在不断地受着实践的检验。我们仍需牢记七届二中全会"两个务必"的教导,坚定信心,沿着这条正确的道路走下去,进一步深化改革,解决好在社会发展前进中遇到的各种问题。目前群众最关心的问题是生产力发展后的分配,如何避免贫富差距过大,避免两极分化的问题。中国特色社会主义道路,是共同富裕的道路。这也是一个关乎中国特色社会主义事业成败的问题。达到共同富裕,要靠党的领导,国家公平合理的分配政策,国家物质实力的增长和执政调控的能力。

遏制公务人员贪污腐败,也是群众关心的热点。党已经有了许多加强反腐倡廉力度的办法,随着强化人民监督机制等许多政策规定的落实,取得的成效是可以预期的。

当今世界还存在霸权主义,我们不能不居安思危,我们决不允许主权、领土受到任何侵害。过去,我们经历过国内和国际的战争,以暴力手段对付暴力手段,但从来未拒绝过争取和平的发展。1949年后,我们党犯过阶级斗争扩大化错误,混淆两类不同性质的矛盾,伤害了人民内部的力量,但不能因此就认为中国共产党是"奉行暴力主义的政党"。有人说,"十月革命"给中国送来的不是马克思主义,而是列宁主义,也即"布朗基主义"。并且说马克思、恩格斯早已改变了自己的理论,把马克思主义理论的发展歪曲为其整个理论的改变,这是不符合历史实际的。

马克思、恩格斯、列宁都未拒绝运用暴力或和平手段进行革命,其是根据客观斗争形势决定的。俄国革命胜利后,列宁重视实现社会主义民主政治,他说过没有民主便没有真正的社会主义。民主要求言论自由,创造让人讲真话的条件,不随便给人家"戴帽子""打棍子",同时,党也应发挥宣教功能,领导舆论的正确导向,提倡理论、意识形态和文化领域的批评与讨论。列宁曾说:"没有革命的理论,就不会有革命的运动。""只有受先进理论指导的党才能实现先进战士的作用。"他特别重视恩格斯论述理论斗争的意义。恩格斯认为,工人如无理论感,科学社会主义不可能深入人心,这就要求领袖们越来越透彻地理解种种理论问题,注意到社会主义成为科学以来就要求人们把它当作科学看待,去研究它,把获得的明确的意识传播到群众中去。我们中国共产党倡导建设马克思主义学习型政党,我想其意义也在于此。唯其如此,方能排除各种错误思想的影响,坚定不移地沿着中国特色社会主义道路走下去。

(2010年)

论对马克思主义的"怀疑"

有人说:"马克思主义分为两个时期,前期以《共产党宣言》《法兰西阶级斗争》《哥达纲领批判》三大名篇为代表,坚持共产主义理念,主张暴力夺取政权。对于这样的马克思主义,马克思用一句著名的话给否定掉了,这就是他说的'我只知道我不是一个马克思主义者'。另据恩格斯的解释,后期的马克思主义不再坚持共产主义理念与目标,主张和平过渡和实行社会民主主义。""这一阶段的代表作是恩格斯的《〈法兰西阶级斗争〉导言》(其中明确宣示放弃共产主义理念)……"

果真如此吗?持此说者所谓"马克思一句著名的话",我一时未查到原始出处。只见于 1890 年 8 月 5 日《恩格斯致康·施米特》的信中说道:"正像马克思关于七十年代末的法国'马克思主义者'所说过的,'我只知道我自己不是马克思主义者'。"另还见于叶·斯捷潘诺娃著《恩格斯传》中,恩格斯批评德国社会民主党"左"倾机会主义"青年派"的理论观点时说,那是"一种歪曲得不成样子的'马克思主义'",并且说,在谈到这点的时候,恩格斯提到马克思关于十九世纪七十年代末流行于一些法国人中间的这种"马克思主义"所说过的一句话:"我只知道我自己不是'马克思主义者'。"从上述两处引文看来,所谓马克思说"我只知道我自己不是马克思主义者",显然是指不是那种"歪曲得不成样子的'马克思主义者'",这是不能解读为马克思否定"马克思主义"的。

至于把马克思主义分为前后两个时期的说辞,论据也是不充分的。持此说者,所谓前期以《共产党宣言》《法兰西阶级斗争》《哥达纲领批判》为代表,坚持共产主义理念,主张暴力夺取政权及前面所提及者持有的言论都是值得商榷的。

回顾历史,1848年,马克思、恩格斯合著的《共产党宣言》出版,1850年,马克思写了《法兰西阶级斗争》,1875年,马克思写《哥达纲领批判》,为德国社会民主党考茨基等人长期隐匿未发表,直到马克思死后八年,即1891年才由恩格斯初次发表。马克思、恩格斯在《共产党宣言》中,确立了科学社会主义的纲领,提出阶级斗争,推翻资本主义统治,废除资本主义私有制,实行共产主义的理念。马克思在《哥达纲领批判》中,发展了《共产党宣言》的基本精神,提出了共产主义社会的第一阶段和共产主义社会高级阶段的概念、资本主义社会和共产主义社会之间有一个过渡时期,这个时期的国家只能是无产阶级革命专政的思想。马克思、恩格斯在这些著作中表述的是无产阶级革命的总目标、总任务,说明他们是一直坚持共产主义理念的。《法兰西阶级斗争》是马克思对法国1848年至1850年间的阶级斗争所做的唯物主义的分析,提出了无产阶级革命策略的一些重要原则。恩格斯于1895年8月5日逝世前五个月,为本书写了《导言》,这篇《导言》的实质也是阐明无产阶级革命策略问题的。恩格斯在《导言》中一再提到了斗争方法,也就是策略问题,通篇并未见到所谓"明确宣示放弃共产主义理念"的影子。由于政治事件终究是归结于经济原因的作用,接受1848年至1850年法兰西阶级斗争的经验教训,使其认识到"当时欧洲大陆经济发展的状况还没有成熟到可以铲除资本主义生产方式的程度",虽然马克思的理论已经"明确规定了斗争的最终目标",但无产阶级以一次突击达到社会改造是不可能的。所以,恩格斯说:"1848年的斗争方法,今天在一切方面都已经陈旧了。"当1870年至1871年普法战争和巴黎公社失败后,欧洲工人的运动重心暂时移到德国。1890年,德国统治者俾斯麦迫于工人运动的压力,采取"怀柔政策",废除反社会党人的非常法,德国社会民主党人可以利用合法和非法等一切手段,包括利用普选权等进行斗争。"争取普选权,争取民主,是战斗无产阶级的首要任务之一",这也是马克思和恩格斯早在《共产党宣言》中就提出过的。在这些情况下,恩格斯提出革命斗争策略的转变,认为"旧策略必须加以修改了",他指出:工人阶级要把突击队"好好地保存到决战的那一天","不要像1871年在巴黎那样流血",把它"在前哨战中消灭掉",否则"临到危急关头时也许就会没有突击队,决定性的搏战就会延迟,拖远并且要求付出更大的牺牲"。显然,这是指德国社会民主党应采取的革命策略。而且,恩格斯还曾在给保·拉法格的信中明确地说:"我谈的这个策略仅仅是针对今天的德国。""就是对德国,明天也可能就不适用了。"在发展恩格斯的《导言》时,德国社会民主党执委会借口国会又在讨论新的反社会党人法案,国内形势紧张,要求把《导言》革命的调子冲淡,并不经恩格斯同意对《导言》中的文字做出断章取义的摘引,恩格斯对歪曲他的观点的做法提出了坚决的抗议。1883年,马克思死后,恩格斯继续担当着国际社会主义革命运动的领导责任,一方面,揭穿德国社会民主党"左派"青年派制造的恩格斯同他们一致的谎言,另一方面,同歪曲他的《导言》的第二国际"右派"领袖们进行斗争。恩格斯死后,伯恩斯坦以"改良主义精神"解读《导言》,说恩格斯临终修改了自己的观点,走上了"改良主义"的道路。伯恩斯坦的滥言是无法令人信服的,因为这同恩格斯的全部理论和实践是完全对立的。

综上所述,我以为所谓马克思说"我不是一个马克思主义者",恩格斯"明确宣示放弃共产主义理念"的说法,都是值得商榷的。

(2011年8月)

关于"天行健,君子以自强不息"的一点感悟

"天行健,君子以自强不息,地势坤,君子以厚德载物。"这是《周易》的两句名言,很有哲理。

离休以来,人渐老去,每一个来日,都是很宝贵的,更要爱惜光阴,好好"打发"日子。我们常说"葆理想""葆长寿",真的,做一个保持高尚理想的健康老人,才是最幸福的。对此,我略有感悟,《周易》的两句话,对我也有启发。

宇宙博大,运动无穷;人生苦短,知识有限。已经活了 80 多岁,作为中国人,读过几年书,入了共产党,当了解放军,积累多年,自然有一定的知识基础,包括中国传统文化的熏陶,共产党马列主义教育,谁也否认不了总体上都是正面的,但也是有限的。人要进步,就要随时代的发展而不断学习,要"活到老,学到老,改造到老"。更何况自己的文化程度不高,知识底子很薄,所以更要通过学习,不断丰富自己的知识。新的东西要学,是为了跟上时代的发展;老的东西也要学,是为了温故而知新,不要数典忘祖。要做到学而思,有所比较

地借鉴与取舍,择善而从。知识是无穷尽的,重要的是要有求知欲,有那种不畏劳苦"路漫漫其修远兮,吾将上下而求索"的精神。每遇一个困惑的问题,得以了解,都会带来心情的愉悦。遇到不解的问题,在力所能及的范围内求得正确的答案,哪怕是一个字、一个词,或是一个理论观点,运用自己的藏书和网络,甚至书店的开架书和图书馆的书来解决,劳累一点但有所收获。爱书、买书,更重要的是要读书,"客来不怕笑书痴,终胜牙签新未触"。这就是我关于读书"自强不息"的一点心愿和感悟。

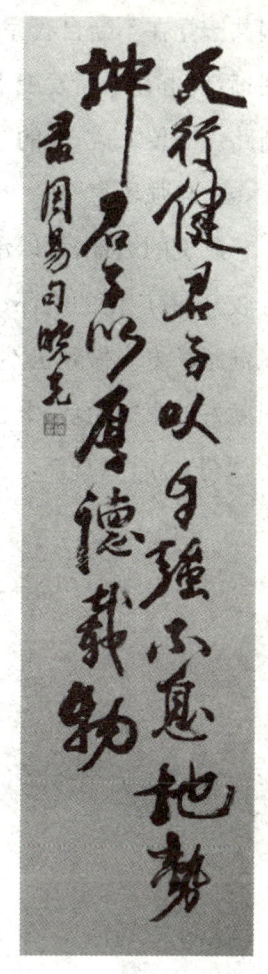

晓光手书

青春年华已逝,过去没有多读书的条件,现在有时间了,理解力也较年轻时强,但读了很快又忘却,印象模糊,甚至真是只剩"书影"了。但因读书而释疑解惑,仍然使我感觉愉悦。当今社会文化的多元现象,文化理论的批评、自我批评与"争鸣"讨论又很不够,再加上有些传媒语言、文字表达的思想内容并不怎么简明,阅读和理解起来特别吃力,所以想学到一点有用的东西就得特别用心。"文化理论"(文化知识、马克思主义理论基础)对共产党员"葆理想"无疑是意义重大的。中国共产党要建设中国特色社会主义,要为共产主义而奋斗,离不开这些文化、理论的塑造和培育。共产主义的实现不可能一蹴而就,后代人也仍然要经历一个长期奋斗的过程,但共产主义的理想,仍然是中国特色社会主义的前途。中国共产党在不断自我完善中,依靠群众,进行中国特色社会主义的发展;后代也在不断发展中,根据马克思主义基本原理,审时度势,创出新路。简单来说,我的"葆理想"观就是如此。在这个问题上,不能迷失,要"自强不息"。

广袤的大地,可以承载万物,人老了,没有时间为一些小事锱铢计较,要有广博的胸怀、宽容的度量,保持一个好的心态,这样才能利于健康长寿。做到也不容易,要在生活的实践中修炼一辈子。年轻时就好遇事"较真",老也难改,所以还要学习。大事不糊涂,抓大放小,"苟日新,日日新,又日新"。这就是我的"葆长寿"观。

(2011 年 12 月 6 日)

从毛主席借阅《小小十年》想到的

今年二月在杭州,从《毛泽东与浙江》书中读到毛主席曾请身边工作人员帮他借阅叶永蓁的《小小十年》,这是二十世纪六十年代的事。由此引起我的揣想,毛主席那时是因何而产生了要看这本书的兴趣的?

记得曾经还在读小学的我,就知道有《小小十年》这本书,但一直主观误解是"创造社"十年结集一类的书,压根儿不知道这实际是一本自传体小说。那时,我也知道鲁迅《三闲集》中有《叶永蓁作〈小小十年〉小引》一文,但因未读过《小小十年》,也就不能看明白鲁迅此文的全部含义,只朦胧地感到鲁迅对作者倾注了热情,给他的这本书做了校订,写了小引,肯定了作者的"上进"和"重上征途"。

如今,我带着释疑解惑的心情,在远距七十年之后,从电脑里查出了《小小十年》的全文,从头到尾读了一遍,才知道作者是一个出身于旧家庭,希望"上进"而汇入大革命时代洪流的青年,既有革命正义之激情,又游离于大众之外,追求个人的"现实",终至彷徨、堕落、走投无路,后又"重上征途"。小说背景是一个大动荡、大分化的时代,作者的性格有点近似屠格涅夫的长篇小说中的"罗亭"。作者曾是黄埔军校第五期炮科的学生,他崇拜那时还是满口"革命"的校长。每次校长训话后,要告诫他们第四、五期同学不要"胡闹"。他憎恶炮科学员的火炮被"叛军"攫取,愤恨大众被野心家所利用。但在风云变幻中,阵线似乎尚未十分分明,鲁迅在当时似乎也尚未弄明白作者是"重上"了什么样的"征途",只是笼统地肯定了他的个人奋斗,又继续地"上进"了。现有资料证明,作者参加了抗日战争及之后的国共内战。1949年到台湾,他曾是防卫司令部副参谋长,名字叶会西。我在情报中曾见到过这个名字,但不知此人就是叶永蓁,只是近来读了《小小十年》,又在网上查到关于叶永蓁的经历后才知道。他后来到了台湾,又从事过写作,著有《张冲小传》等,1976年去世。

  从这段历史可见:鲁迅在《叶永蓁作〈小小十年〉小引》中表达的是一个遗憾。叶永蓁的道路,也是中国民族资产阶级知识分子在革命洪流的大动荡、大分化中人生选择的一个典型案例。虽然鲁迅在1930年3月又写过《非革命的急进革命论者》一文,为《申报》刊文批评《小小十年》的主角其从军动机是为了自己而辩解,强调"在行进时,也时时有人退伍,有人落荒,有人颓唐,有人叛变,然而只要无碍于进行,则愈到后来,这队伍也就愈成为纯粹精锐的队伍了",但在大革命风云变幻中,个人道路的选择则又是另一回事。或者,这也就是毛主席借阅《小小十年》的原因,但也未可确知了。

(2012年5月15日)

后　记

爸爸的诗文集终于要出版了。

时间过得真快,爸爸离开我们已九个月了,在他生命的最后这一年里出版这本书是他最大的心愿!

在《晓光书画》出版后,爸爸全身心地投入诗文集的整理中,《续致大哥》是他的最后一篇文章。那是 2016 年的 5 月,他的身体已相当虚弱,字已写不到一条线上,但他坚持要写这篇文章。我觉得爸爸知道自己的时间不多了,他的《续致大哥》是对过去的回顾和总结,心里的话要对大哥说,他已时刻准备着去见大哥了……

在爸爸生命的最后这一年里,他仍不忘初心,为建党 95 五周年而庆祝,期盼着来年建军 90 周年的庆典。爸爸,你可以安心了!今年的大阅兵向世界展示了我们国家的军威,我们的国家、我们的军队在日益强大!

爸爸把名利和财富看得很淡。他真正做到了置身于喧嚣浮华的世界,却始终坚守心灵的一方净土,宠辱不惊,独善其身;面对种种诱惑,他心如平镜,凝神专注,心无旁骛。爸爸是一个有坚定信念的共产党人,是我学习的榜样!在你生命最后的日子里,你告诉我,这本即将出版的诗文集和那本已出版的画册是你一生的总结。你说,你累了,要休息了。这本书就是你的墓志铭。今天,这本书在南京师范大学出版社人文社科部门丁亚芳主任及诸多编辑的关心支持下即将面世,爸爸你可以安息了!

最后,再次感谢对这本书的出版工作付出辛勤劳动的编审印人员和我的亲朋好友们!

女儿:李红

2017年8月